WHERE LOVE IS
THERE GOD IS ALSO

BY
COUNT LYOF N. TOLSTOÏ

TRANSLATED FROM THE RUSSIAN
BY
NATHAN HASKELL DOLE

NEW YORK
THOMAS Y. CROWELL & CO.
PUBLISHERS

COPYRIGHT, 1887,
BY THOMAS Y. CROWELL & CO.

사랑이 있는 곳에 신도 있다

톨스토이 단편선
Where Love Is There God Is Also

레프 니콜라예비치 톨스토이 지음

장영재 옮김

더스토리

차례

사랑이 있는 곳에 신도 있다 • 6
젊은 황제의 꿈 • 33
세 죽음 • 60
악마는 유혹하지만 신은 참고 견딘다 • 91
죄인은 없다 • 97
부자들의 대화 • 120
무도회가 끝난 뒤 • 129
세 은사 • 148

작품 해설 • 162
작가 연보 • 169

사랑이 있는 곳에 신도 있다

어느 도시에 마르틴 아브제이치라는 구두 수선공이 살고 있었다. 그의 작업실은 지하에 있는 작고 비좁은 방이었다. 방에는 커다란 창문이 하나 있었는데, 그 창문을 통해 바깥의 길이 훤히 보였다. 아브제이치는 그 창으로 매일 분주하게 오가는 사람들의 모습을 지켜보았다.

사실 창문을 통해서는 사람들의 발밖에 보이지 않았지만 아브제이치는 신발만 봐도 그 사람이 누구인지 알 수 있었다.

그는 오랫동안 한곳에 살았을 뿐만 아니라, 동네에서 한두 번쯤 그의 손을 거치지 않은 신발이 없을 정도였다. 구두 밑창을 갈거나 해진 부분에 헝겊을 덧댄 것도 있고, 터진 데를 꿰매거나 가죽 전체를 새로 간 것도 있었다. 그래서 그는 종종 이 창문을 통해 자신이 작업한 결과물을 찾아내곤 했다.

아브제이치에게는 늘 많은 주문이 들어왔다. 그가 수선한 구두가 워낙 튼튼하고 재료가 좋았을 뿐 아니라 값도 비싸지 않았기 때문이다. 또한 그는 약속한 수선 날짜를 한 번도 어긴 적이 없었으며, 욕심을 내서 기한 내에 끝내지 못할 일을 무리하게 받은 적도 없었다. 모두가 이러한 아브제이치의 성품을 잘 알고 있었기 때문에 그에게는 늘 일이 끊이지 않았다.

마르틴 아브제이치는 본래 선한 사람이었고, 나이가 들어가면서 더욱 자주 자신의 영혼에 대해 생각하며 점점 하나님께 가까이 다가가게 되었다.

아브제이치의 아내는 예전에 그가 주인 밑에서 일하던 무렵, 세 살 난 아들 카피토시만을 남기고 세상을 떠났다. 일찍이 낳았던 아들 둘은 태어난 지 얼마 되지 않아 모두 죽어 부부에게는 오직 그 아이 하나뿐이었다.

아브제이치는 자신의 작업실이 없어 주인 밑에서 구두 수선을 배우던 형편이라 아들을 시골의 누이에게 맡기려고 했다. 하지만 측은한 마음이 들어 곧 생각을 바꾸었다.

'우리 아들 카피토시가 남의 집에서 눈치를 보면서 자라야 한다니……. 가여운 것, 형편이 조금 어려워도 그냥 내 곁에 둬야겠어.'

아브제이치는 주인을 떠나 어린 아들과 함께 셋방살이를 시작했다. 세월이 흘러 어린 카피토시는 아버지의 심부름도 곧잘 하는 나이가 되었고, 아브제이치의 구두를 다루는 솜씨가 뛰어나다는 소문이 났다. 그들의 형편은 차츰 나아지기 시작했다.

하지만 신은 아브제이치에게 자식을 허락하지 않았다. 카피토시가 일주일 내내 열이 오르며 앓던 어느 날, 그만 숨을 거두고 말았다.

아브제이치는 아들의 장례를 치른 후 엄청난 실망감에 빠졌다. 슬픔과 상실감이 무척 컸던 그는 신에게 원망과 불평을 늘어놓기 시작했다. 두 아들과 아내, 그리고 카피토시까지 잃다니! 그는 자신 같은 늙은이가 아닌 사랑스러운 카피토시를 데려가 버린 하나님을 원망하며 교회에도 나가지 않았다. 그는 외로움에 지친 나머지 이제 그만 자신의 생명을 거두어 달라고 기도하기도 했다.

그러던 어느 날, 한 노인이 아브제이치를 찾아왔다. 그는 아브제이치의 고향인 트로이차의 한 수도원에서 오는 길이었는데, 벌써 팔 년째 성지 순례를 하는 중이라고 말했다. 아브제이치는 그 노인과 이야기를 나누다가 자신의 서글픈 신세에 대해 하소연하기 시작했다.

"할아버님, 저는 요즘 사는 게 사는 게 아닙니다. 전 그저 어서 죽고 싶다는 한 가지 소원만을 하나님께 빌고 있습니다. 저에게는 이제 아무런 희망도 없습니다."

그러자 노인이 말했다.

"마르틴, 자네의 생각이 틀렸네. 우리는 하나님이 하시는 일을 함부로 판단할 자격이 없다네. 세상 모든 일은 우리 지혜가 아닌 하나님의 섭리에 따라 움직이고 있기 때문이지. 자네 아이들이 일찍 하나님의 품으로 간 것도, 자네의 생명이 아직 세상에 있는 것도 모두 하나님의 뜻일세. 하나님이 보시기에는 그것이 좋기 때문이겠지. 자네가 그렇게 낙담하는 것은 하나님의 기쁨이 아닌 자네 자신의 기쁨을 위해서만 살아가려고 하기 때문이야."

아브제이치가 물었다.

"그럼, 대체 무엇을 위해 살아야 합니까?"

그러자 노인이 대답했다.

"하나님을 위해서 살아야 하네, 마르틴. 자네에게 생명을 주신 분이 바로 하나님이니 말일세. 하나님을 위해 살면 슬픔이나 걱정도 없고, 모든 일이 손쉽게 여겨질 걸세."

잠자코 생각에 잠겨 있던 아브제이치가 한참 후에 다시 입을 열었다.

"도대체 어떻게 해야 하나님을 위해 살 수 있습니까?"

그러자 노인이 말했다.

"그 답은 이미 예수 그리스도께서 가르쳐 주셨네. 자네, 글을 읽을 수 있지? 그렇다면 '성경'을 읽어 보게나. 그러면 하나님을 위해 산다는 것이 어떤 것인지 알게 될 거야. 거기에는 모든 것이 담겨 있으니까 말일세."

아브제이치는 노인의 말을 가슴 깊이 새겼다. 그는 다시 순례의 길을 나선 노인을 배웅한 뒤, 그 길로 큰 활자로 인쇄된 《신약성서》 한 권을 사다가 읽기 시작했다.

처음에는 일요일이나 축일에만 조금씩 성경을 읽어 나갈 생각이었다. 하지만 한 번 읽기 시작하자 한 구절 한 구절이 아브제이치의 마음에 와 닿았고 평안해짐을 느낄 수 있었다. 그는 완전히 성경에 빠져들어 날마다 그것을 읽게 되었다. 하루는 지나치게 열중하다가 등잔의 기름이 다 떨어지는 것도 눈치채지 못할 정도였다.

이렇게 해서 아브제이치는 날마다 성경을 가까이하게 되었다. 성경을 읽으면 읽을수록 하나님께서 자신에게 바라는 것이 무엇인지, 하나님을 위해 어떻게 살아야 하는지를 분명히 알 수 있게 되었다.

그의 마음은 나날이 편안해졌다. 이전에는 잠자리에 들어서도 한숨을 쉬거나 뒤척이면서 카피토시 생각에 괴로워할 뿐이었으나, 이제는 이렇게 하나님을 찬양하게 된 것이다.

"하나님께 영광 있으라! 하나님께 영광 있으라! 주여, 감사합니다. 모든 일을 당신께 맡기오니 주님의 뜻을 이루시옵소서!"

그때부터 아브제이치의 생활은 완전히 달라졌다. 전에는 축

일이나 일요일이 되면 빈둥빈둥 놀러다니고 술집에서 차나 보드카를 마셨다. 친구들과 한잔하면 취하지 않았어도 괜히 들떠서 쓸데없는 이야기를 늘어놓거나 남을 험담하는 일도 있었다.

그런데 이제 그는 그 모든 것들로부터 멀어졌다. 그의 생활은 고요했고 기쁨으로 넘쳤다. 아침이면 일자리에 앉아 정한 시간만큼만 일했다. 작업이 끝나면 벽에 걸린 등잔을 내려 책상 위에 놓은 다음, 선반에서 성경을 꺼내 읽었다. 성경을 읽으면 읽을수록 하나님의 말씀은 점점 더 이해하기 쉬워졌고, 그의 마음도 더욱 밝아지고 즐거워졌다.

어느 날이었다. 그날도 아브제이치는 밤늦게까지 성경에 열중하고 있었다. 〈누가복음〉을 읽는데 6장 중에서 다음 구절이 눈에 들어왔다.

> 너의 이 뺨을 치는 자에게 저 뺨도 돌려 대며 네 겉옷을 빼앗는 자에게 속옷도 거절하지 마라. 네게 구하는 자에게 주며 네 것을 가져가는 자에게 다시 달라 하지 말며 남에게 대접을 받고자 하는 대로 너희도 남을 대접하라.
> — 누가복음 6장 29~31절

그는 계속해서 다음 구절을 읽었다. 거기에는 다음과 같은 구절이 쓰여 있었다.

너희는 나를 불러 주여 주여 하면서도 어찌하여 내가 말하는 것을 행하지 아니하느냐. 내게 다가와 내 말을 듣고 행하는 자는 누구라도 그가 어떤 사람인지 너희에게 가르쳐 주겠다. 집을 짓되 깊이 파고 주추를 반석 위에 놓은 사람과 같으니 큰물이 나서 탁류가 그 집에 부딪치되 잘 지었기 때문에 능히 요동하지 못하게 하였거니와 듣고 행하지 아니하는 자는 주추 없이 흙 위에 집 지은 사람과 같으니 탁류가 부딪치매 집이 곧 무너져 파괴됨이 심하니라 하시니라.

- 누가복음 6장 46~49절

진리의 말씀을 읽은 아브제이치의 가슴은 기쁨으로 벅차오르기 시작했다. 그는 안경을 벗어 성경 위에 올려놓은 뒤 탁자에 팔꿈치를 괴고 자신의 생활을 돌아보기 시작했다.

"내 집은 어떤가? 반석 위에 세워져 있는가, 아니면 모래 위에 세워져 있는가? 반석 위에 세워졌다면 얼마나 좋을까! 나는 이렇게 홀로 고요히 앉아 있을 때는 모든 일을 하나님이 시키시는 대로 할 수 있을 것 같다가도, 조금만 다른 생각을 하면 또다시 죄를 짓기 일쑤다. 그러나 열심히 살자. 어떻게든 이겨 내 보자. 그것이 가장 좋은 것이다! 오, 하나님. 부디 저를 도와주십시오."

그는 이제 그만 잠자리에 들어야겠다고 생각하면서도 성경을 덮기가 아쉬워 다시 〈누가복음〉 7장을 펴서 읽기 시작했다. 그는 백부장의 이야기와 어느 과부의 아들 이야기, 세례 요한이 제자들에게 한 대답과 어느 부유한 바리새인*이 예수님을 자신의 집으로 초대한 대목, 그리고 죄를 지은 한 여인이 예수님의 발에 향유를 붓고 눈물로 예수님의 발을 씻겨 드렸다는 이야기와 예수님이 그 여인의 죄를 용서하신 내용 등을 읽었다. 그는 이렇게 44절까지 읽어 나간 뒤 다음 구절을 읽기 시작했다.

그 여자를 돌아보시며 시몬에게 이르시되 이 여자를 보느냐. 내가 네 집에 들어올 때 너는 내게 발 씻을 물도 주지 아니하였으되 이 여자는 눈물로 내 발을 적시고 그 머리털로 닦았으며 너는 내게 입 맞추지 아니하였으되 그는 내가 들어올 때로부터 내 발에 입 맞추기를 그치지 아니하였으며 너는 내 머리에 감람유도 붓지 아니하였으되 그는 향유를 내 발에 부었느니라.
- 누가복음 7장 44~46절

"발 씻을 물도 주지 않았다, 입 맞추지 않았다, 머리에 감람유도 붓지 않았다……."

---
* 바리새파에 속하는 교인. 성경의 율법학자들을 뜻하는 말로 형식만을 중시하여 본질을 해치는 위선자를 비유적으로 이르는 말.

아브제이치는 다시 안경을 벗어 성경 위에 올려놓고 생각에 잠겼다.

'나도 오직 나 자신만을 위하며 살아왔으니 결국 나도 바리새인과 같은 사람이었다. 차를 마음껏 마신다든지 내 몸을 따뜻하게 할 옷을 걸친다든지 하는 이기적인 욕심은 부렸지만 내 손님을 위한 생각은 별로 하지 않았어. 그런데 손님이란 누구를 말하는 것인가? 예수 그리스도, 주님이시다! 만일 주님이 내게로 오신다면 나 역시 바리새인과 똑같이 행동하지 않았을까?'

아브제이치는 팔짱을 끼고 생각에 잠겨 있다가 어느 사이에 스르르 잠이 들었다.

그런데 갑자기 누군가 자신의 이름을 부르는 소리가 들렸다.

"마르틴!"

그는 자다 말고 깜짝 놀라서 소리쳤다.

"거기 누구요?"

고개를 돌려 입구 쪽을 바라보았지만 아무도 없었다. 그는 밀려드는 졸음을 이기지 못하고 다시 잠을 청했다. 그런데 또다시 또렷한 목소리가 들려왔다.

"마르틴, 내일 창 너머를 잘 지켜보아라. 내가 가겠다."

아브제이치는 벌떡 일어나 눈을 비볐다. 방금 들은 목소리가 꿈이었는지 생시였는지 분간이 되지 않았다. 한참을 어리둥절한 채 멍하니 있던 그는 등잔불을 끄고 다시 잠자리에 들었다.

이튿날 아침, 아브제이치는 동이 트기 전에 일어나 하나님께 기도를 드리고 난로에 불을 지펴 양배추 수프와 보리죽을 올린 다음 주전자에 물을 끓였다. 그러고는 작업용 앞치마를 두르고 창가에 앉아 일을 시작했다.

일하는 내내 아브제이치는 마음속으로 줄곧 지난밤 일만 생각하고 있었다. 꿈인 것 같기도 했고 실제로 목소리를 들은 것 같기도 했다.

'별일 아니겠지. 뭐, 이런 일은 흔히 있으니까.'

창가에 앉은 그는 이렇게 생각하면서도 일을 하기보다는 창문 쪽을 더 자주 내다보았다. 그러고는 본 적이 없는 낯선 신발을 신은 사람이 있으면 신발 주인의 얼굴을 보려고 몸을 구부리기도 했다.

새 펠트 장화를 신은 정원사가 지나가는가 하면 지게를 진 물장수도 지나갔다. 그 뒤로 헝겊을 덧댄 낡은 펠트 장화를 신고 손에는 삽을 든 니콜라이 1세 시대의 나이 든 군인이 모습을 드러냈다.

아브제이치는 신발만 보고도 금세 그 사람이 누구인지 알아차렸다. 그 노병은 이웃집 상인이 불쌍하게 여겨 돌봐 주고 있는 스테파니치라는 노인으로, 정원사의 일을 도와 생계를 잇는 사람이었다.

스테파니치는 아브제이치의 창문 앞에서 눈을 쓸기 시작했다. 아브제이치는 잠시 그 모습을 바라보다가 다시 일을 시작하며 중얼거렸다.

"아이고, 나도 이제 나이가 들어서 노망이 난 모양이야."

아브제이치는 자신을 비웃으며 말했다.

"눈을 치우는 스테파니치를 보고 그리스도께서 오신 게 아닌가 하고 생각했으니 말이야. 늙어서 정신이 어떻게 된 게지."

그러나 열 바늘도 채 꿰매지 못한 아브제이치는 또다시 창문으로 눈길을 돌리고 말았다. 창밖을 내다보니 스테파니치가 삽을 벽에 세워 둔 채 멍한 표정으로 쉬고 있는 모습이 눈에 들어왔다. 노인이라서 눈을 치우는 일조차 힘에 부치는 모양이었다.

아브제이치는 속으로 생각했다.

'저 사람한테 차나 한잔 대접할까? 마침 주전자에 물도 끓고 있으니.'

아브제이치는 일손을 멈추고 일어섰다. 탁자 위에 주전자를 올려놓고 차를 준비한 다음, 손가락으로 창문을 톡톡 두드렸다. 그 소리에 스테파니치가 뒤돌아보더니 창문 쪽으로 다가왔다.

아브제이치는 스테파니치에게 들어오라고 손짓한 뒤, 문을 열고 그를 맞았다.

"스테파니치, 날도 추운데 들어와서 몸을 좀 녹이는 게 어떻습니까?"

그가 말했다.

"아이고, 이렇게 고마울 데가! 사실 뼈마디가 욱신거리고 쑤신다네."

스테파니치가 말했다.

눈을 털면서 안으로 들어온 스테파니치는 바닥에 발자국을 내지 않으려고 신발 바닥을 닦다가 중심을 잃고 비틀거렸다.

"괜찮으니 그냥 들어오십시오. 바닥은 나중에 닦으면 되니까요. 어서 이리로 와서 앉으십시오."

아브제이치가 말했다.

"자, 따뜻한 차 한잔 드십시오."

아브제이치는 두 잔의 차를 따라 하나는 노인에게 밀어 준 뒤 자신도 찻잔을 받쳐 들고 후후 불어 가며 마셨다. 차를 마시니 몸이 따뜻해지기 시작했다.

스테파니치는 자기 몫의 차를 조금씩 아껴 마신 다음 찻잔을 탁자 위에 엎어 놓고 그 위에 남은 설탕을 얹었다. 몇 번이나 고맙다는 인사를 하는 스테파니치의 얼굴에는 차를 조금 더 마시고 싶어 하는 표정이 떠올랐다.

"자, 좀 더 드십시오."

아브제이치는 자신의 잔과 손님의 잔에 다시 차를 가득 따랐다.

아브제이치는 스테파니치와 차를 마시면서도 줄곧 길 쪽만 바라보았다.

"누구를 기다리는 건가?"

스테파니치가 물었다.

"누구를 기다리느냐고요? 글쎄요……. 부끄럽지만 뭐라 말을 해야 할지 잘 모르겠습니다. 사실 기다리는 것도 아니고 기다리지 않는 것도 아니지만, 어쨌든 어떤 말이 마음에 남아서 지워지지가 않습니다. 그것이 꿈인지 생시인지는 도무지 모르겠군요. 사실 어젯밤에 성경에서 그리스도께서 이곳저곳 돌아다니시며 고생하신 내용을 읽었거든요. 당신은 그리스도에 대해 들은 적이 있습니까?"

"아무렴, 듣다마다."

스테파니치가 대답했다.

"하지만 나는 글을 배우지 못해서 읽을 줄은 모른다네."

"아, 그렇습니까? 어쨌든, 저는 그리스도께서 세상을 두루 돌아다니시던 무렵의 이야기를 읽었답니다. 아시겠지만, 예수님께서 어느 바리새인을 방문하셨을 때 그 사람은 주님을 전혀 기다리지 않았고 대접해 드리지 않았다는 대목이었습니다. 바리새인이 왜 제대로 주님을 맞이하지 않았나 생각하다 보니, 저 역시 바리새인과 같다는 생각이 들더군요. 나라면 어떻게 그리스도를 맞이했을까 하고 말입니다. 이런저런 생각을 하다 보니 저는 어느새 잠이 들어 버렸답니다."

"그래서?"

"그런데 잠결에 누군가 제 이름을 부르는 소리가 들리는 겁니다. 저는 잠에서 깼지요. 그러자 마치 누군가 귓전에 대고 속삭이듯이 '내일 창 너머를 잘 지켜보아라. 내가 가겠다.'라고 말하는 목소리가 들렸습니다. 그것도 두 번씩이나. 그 말이 제 머리에서 떠나질 않아 한편으로는 어리석은 짓이라고 자신을 스스로 꾸짖으면서도 이렇게 그리스도께서 오시기를 기다리고 있답니다."

스테파니치는 묵묵히 고개를 끄덕이며 차를 마시고는 잔을 내려놓았다. 그러자 아브제이치가 또다시 잔을 들고 차를 따랐다.

"자, 조금 더 드십시오. 이건 제 생각인데, 예수님은 곳곳을 돌아다니시며 어떤 사람도 업신여기지 않고 오히려 늘 보잘것 없는 사람하고만 함께 계셨습니다. 늘 낮고 천한 사람이 있는 곳을 찾아가셨고 우리와 같은 죄 많은 일꾼 중에서 제자들을 선택해 쓰셨지요. 그리고 늘 스스로 높이는 자는 낮아지고 스스로 낮추는 자는 높아질 것이라고 말씀하셨습니다. 자신을 주님이라고 부르며 따르는 이들의 발도 직접 씻겨 주시고, 누구나 남보다 첫째가 되고자 하는 사람은 모든 사람을 섬겨야 한다고도 하셨지요. 가난한 자, 겸손한 자, 유순한 자, 인정이 많은 자야말로 진정 행복하다고 말씀하기도 하셨습니다."

스테파니치는 차를 마시는 것도 잊은 채 귀를 기울이고 있었다. 그의 눈에 차오른 눈물이 볼을 타고 흘러내렸다.

"차 한 잔 더 드시지요."

아브제이치가 차를 권하자 스테파니치는 잔을 밀며 사양했다. 그러고는 성호를 긋고 자리에서 일어섰다.

"고맙네. 마르틴 아브제이치."

그가 말했다.

"자네 덕분에 몸도 마음도 아주 따뜻해졌다네."

"언제든 들러 주십시오. 저는 손님이 오시는 것을 무척 좋아합니다."

아브제이치가 대답했다.

스테파니치가 떠난 뒤 아브제이치는 남은 차를 따라 다 마시고 그릇을 치웠다. 그러고는 다시 창가의 작업대 앞에 앉아 구두 뒤축을 수선하기 시작했다. 그러나 그는 구두를 꿰매면서도 계속 창밖을 내다보며 그리스도의 방문을 은근히 기다렸다. 그의 머릿속은 예수님이 하신 일과 말들로 가득 차 있었다.

창문 앞으로 두 명의 군인이 지나갔다. 한 사람은 군화를, 또 다른 한 사람은 구두를 신고 있었다. 다음으로는 반짝반짝 윤이 나는 구두를 신은 이웃집 주인이 지나갔고, 바구니를 든 빵장수도 지나갔다.

그들이 모두 지나간 뒤, 털실로 짠 기다란 양말에 너덜너덜한 신발을 신은 한 여인이 창문 앞에 나타났다. 그녀는 창가를 지나치더니 벽 앞에 멈춰 섰다.

아브제이치는 창문 아래에서 그녀를 올려다보았다. 처음 보는 사람이었다. 초라한 차림의 여인은 벽을 마주한 채 떨고 있었다. 바람이 부는 쪽을 등지고 서서 품에 안은 아이를 감싸는 것처럼 보였다. 그러나 누더기 같은 얇은 여름옷뿐, 그녀에게는 아이를 감쌀 것이 아무것도 없었다.

아이의 울음소리와 여자가 아이를 달래는 목소리가 아브제이치의 작업실 안까지 들렸다. 그는 계단을 올라가 여인을 불렀다.

"이보시오, 이보시오!"

그 소리를 듣고 여인이 뒤를 돌아보았다.

"이렇게 추운데 왜 아기를 안고 밖에 서 있는 거요? 어서 집 안으로 들어오시오. 따뜻해서 아기를 달래기에는 좋을 테니. 자, 어서."

여인은 깜짝 놀랐다. 앞치마를 두른 한 노인이 안경을 코끝에 걸친 채 자신에게 손짓하고 있었다. 여인은 노인을 따라 발걸음을 옮겼다.

계단을 내려가 방 안으로 들어가자 아브제이치가 여인을 침대 쪽으로 안내했다.

"자, 여기에 앉아요. 난로 가까이에서 몸도 좀 녹이고 아이한테 젖도 물리시구려."

그의 말에 여인이 대답했다.

"사실 저는 지금 젖이 나오지 않습니다. 아침부터 아무것도 먹지 못했거든요……."

여인은 빈 젖이라도 아이에게 물리려고 애썼다.

아브제이치는 측은한 마음이 들어 얼른 탁자 쪽으로 가서 난로 아궁이를 열고 그릇에 수프를 따랐다. 보리죽 냄비 뚜껑도 열어 보았지만 아직 끓지 않아서 수프만 탁자 위에 올려놓고 빵도 꺼냈다. 벽에 걸린 수건도 가져와 탁자 위에 놓은 뒤 그는 입을 열었다.

"자, 변변찮지만 어서 들어요. 아기는 내가 볼 테니까. 나도 예전에는 이렇게 예쁜 아이를 키웠었지."

여인은 아브제이치에게 아기를 건넨 뒤 가슴에 십자가를 긋고 탁자 앞에 앉아 식사하기 시작했다.

아브제이치는 아기를 안고 침대에 앉았다. 그러나 아기는 배가 고픈지 자꾸 울어 댔다. 그는 아기를 달래려고 아기의 얼굴 가까이에 손가락을 가져가 빙글빙글 돌렸다. 그러면서도 아기의 입안에 손가락이 들어가지 않도록 조심했다. 그의 손가락은 구두약으로 새까맣게 더럽혀져 있었기 때문이었다. 아기는 손가락에 정신이 팔려 차츰 울음을 그치고 어느 순간 방긋방긋 웃기 시작했다. 아브제이치는 무척 기뻐서 아이처럼 함박웃음을 지었다.

그러는 동안 여인은 식사하며 자신의 처지에 관해 이야기하기 시작했다.

"저는……, 군인의 아내였어요. 남편은 8개월 전에 먼 곳으로 파견을 갔는데 그 후로 아무 소식이 없습니다. 그동안 저는 식모살이를 하다가 이 아이를 낳았습니다. 그런데 아이가 생긴 후부터 저를 써 주는 사람이 없었습니다. 벌써 석 달이 넘도록 일도 못하고 여기저기를 헤매고 다녔습니다.

가진 것은 모두 다 팔아서 이제 아무것도 남은 것이 없습니다. 입을 옷조차 없지요. 유모가 되려고 해도 너무 야위었다며 써 주는 사람이 없었고요.

지금도 어느 가게 아주머니에게 다녀오는 길이에요. 그 집에 제가 아는 분이 일하고 계셔서 저도 써 준다고 약속하셨는데, 오늘 갔더니 다음 주에나 오라고 하시더군요. 너무 먼 길을 다녀와서 저는 몹시 지쳤고, 이 가여운 아이한테도 고생을 시키고 말았답니다. 감사하게도 그리스도를 믿는 집주인 아주머니가 저희를 불쌍히 여겨서 지금 머물고 있는 곳을 마련해 주셨습니다. 만약 그렇지 않았다면 어떻게 살았을지 모르겠습니다."

그녀의 말을 듣고 난 아브제이치가 한숨을 쉬며 말했다.

"당신은 겨울옷이 하나도 없소?"

"네, 이제 따뜻한 옷을 입어야 할 계절이지만 바로 어제 단 하나밖에 없는 숄을 20코페이카에 저당 잡혔거든요."

여인은 침대 옆으로 와서 아브제이치에게 아기를 받아 안았다. 아브제이치는 말없이 일어나 벽장을 열더니 소매 없는 낡은 외투를 하나 찾아왔다.

"자, 이거라도 입으시오. 변변치는 않지만 아이에게 도움이 될 거요."

여인은 그가 내민 외투를 받아 손에 들고는 눈물을 뚝뚝 흘리기 시작했다. 아브제이치는 다시 침대 밑으로 기어들어 가 가방 하나를 끌고 나오더니 한참 동안 그 안을 뒤적였다.

여자가 말했다.

"정말 고맙습니다. 부디 하나님의 은총이 함께하시길 빕니다. 주님께서 저를 이곳으로 인도하신 것이 분명해요. 저는 하마터면 이 아이를 얼려 죽일 뻔했습니다. 제가 집을 나섰을 때는 날씨가 따뜻했었는데 갑자기 이렇게 추워졌거든요. 그리스도께서 당신에게 창밖을 보도록 하셨고 불행한 저를 측은히 여기도록 해 주신 것이 틀림없습니다."

그러자 아브제이치가 웃음을 머금고 말했다.

"암, 그렇고말고. 모든 것은 그리스도께서 하신 일이지요. 내가 창밖을 내다보고 있었던 것은 결코 우연이 아니었으니까."

아브제이치는 그 여인에게도 지난밤 자신이 겪은 일을 이야기해 주었다.

"그런 일이야 얼마든지 있을 수 있는 일이지요."

여인은 그렇게 말하며 일어나더니 소매 없는 외투를 걸쳐 입고 그 안에 아기를 감싸 안은 뒤 아브제이치에게 절을 하고는 또다시 감사 인사를 했다.

"자, 그리스도를 위해 이걸 받으시게. 이것으로 저당 잡힌 숄을 찾게나."

아브제이치가 그녀에게 20코페이카를 건네며 말했다. 여인은 성호를 그으며 돈을 받았고, 아브제이치도 성호와 함께 그녀를 문까지 배웅했다.

여인이 떠나자 그는 남은 수프를 마저 마시고 자리를 정리한 다음 다시 자리에 앉아 일을 시작했다. 일감을 붙잡고는 있었지만 그의 시선은 여전히 창밖에 있었다. 어느새 하늘에는 어둑어둑한 땅거미가 내려앉고 있었다. 그는 한 사람이라도 놓칠세라 창밖을 유심히 지켜보았다. 낯익은 사람이 지나가는가 하면 모르는 사람도 지나갔다. 하지만 눈에 띄는 특별한 사람은 없었다.

그러다가 아브제이치는 문득 창문 맞은편에서 사과를 파는 노부인을 발견했다. 거의 다 팔렸는지, 부인이 든 바구니에는 사과가 몇 개밖에 남아 있지 않았다. 대신 그녀의 어깨에는 조각난 나무토막이 잔뜩 담긴 자루가 얹혀 있었다. 아마 어느 공사장에서 주워 모아 집으로 가져가는 모양이었다. 자루가 무거

였던지 노부인은 사과 바구니를 말뚝 위에 올려놓은 뒤 자루를 내려 나무토막들을 주섬주섬 정리했다.

그런데 그녀가 자루를 정리하는 동안, 어디서 나타났는지 찢어진 모자를 쓴 한 사내아이가 바구니 속의 사과를 하나 집더니 그대로 도망치려고 했다. 그러자 이를 눈치챈 노부인이 잽싸게 아이의 옷소매를 움켜쥐었다. 아이는 발버둥치며 빠져나가려고 했지만, 그녀는 아이를 꽉 붙들고 머리에 쓴 모자를 벗기더니 아이의 머리칼을 거머쥐었다. 머리채를 잡힌 아이가 비명을 지르자, 그녀는 욕설을 퍼부었다.

그 모습을 본 아브제이치는 바늘을 바닥에 내동댕이치고 문 밖으로 뛰쳐나갔다. 어찌나 서둘렀는지 계단에서 발을 헛디뎌 안경까지 떨어뜨리고 말았다.

아브제이치가 막 길거리로 나갔을 때, 노부인은 아이의 머리채를 끌고 경찰서로 데려가려던 참이었다. 아이는 어떻게든 도망치려고 몸부림치면서 악을 쓰고 있었다.

"전 훔치지 않았어요, 왜 때려요! 이거 놓으라고요!"

아브제이치는 두 사람을 떼어 놓으려고 아이의 손을 잡고 말했다.

"놓아주시지요, 부인. 그리스도의 이름으로 용서해 주십시오."

"나는 이 녀석이 잘못을 뉘우치도록 혼내 준 다음에야 용서할 수 있겠어요. 이런 불량한 녀석은 경찰서에 끌고 가서 따끔

한 맛을 보여 줘야 해요!"

아브제이치는 노부인에게 사정하기 시작했다.

"부탁입니다, 부인. 이 아이도 다시는 그런 짓을 하지 않을 겁니다. 그리스도를 위해 놓아주세요."

아브제이치의 간곡한 청으로 노부인은 하는 수 없이 아이를 놓아주었다. 아이는 기회를 놓치지 않고 달아나려 했다. 그러자 아브제이치가 아이를 붙잡아 세우고 말했다.

"자, 할머님께 용서를 빌거라. 앞으로는 절대 이런 짓을 해서는 안 된단다. 네가 사과를 훔치는 걸 난 다 보았단다."

그제야 아이는 눈물을 흘리며 노부인에게 잘못했다고 빌었다.

"그래, 됐다. 자, 이 사과는 너에게 주마."

아브제이치는 바구니에서 사과 하나를 집어 그것을 아이에게 건네며 말했다.

"값은 제가 치르겠습니다."

"당신은 이런 파렴치한 녀석에게 지나치게 친절하군요."

노부인이 퉁명스럽게 말했다.

"공연한 짓을 했군요. 저런 녀석은 일주일 동안 앉지도 못하게 혼쭐을 내야 해요."

"그렇지 않습니다, 부인."

아브제이치가 말했다.

"우리 생각은 그렇지만 하나님의 생각은 그게 아닐 겁니다.

만일 사과 하나 때문에 저 아이를 때려야 한다면 죄를 많이 지은 우리는 대체 얼마나 큰 벌을 받아야 하겠습니까?"

노부인은 입을 다물었다.

아브제이치는 노부인에게 성경에 나오는 이야기 하나를 들려주었다. 어느 주인이 소작인의 많은 빚을 탕감해 주었는데도, 그 소작인은 자기에게 빚진 사람을 용서하기는커녕 몹시 괴롭혔다는 이야기였다.

노부인도 아이도 그의 말을 가만히 듣고 서 있었다.

"하나님은 용서하라고 가르치셨습니다."

아브제이치가 말했다.

"그렇지 않으면 우리도 용서받을 수가 없습니다. 주님의 말씀을 따르기 위해 우리는 누구든 용서해야 하지요. 하물며 아직 철이 들지 않은 어린아이들에게는 더욱더 그래야 합니다."

"그야 그렇지요."

노부인이 한숨을 쉬면서 고개를 저었다.

"그렇지만 이런 아이들은 장난이 좀 지나쳐요."

"그러니까 우리 같이 나이 많은 사람들이 잘 가르쳐야겠지요."

아브제이치가 말했다.

"나도 그렇게 생각해요."

노부인이 대답했다.

"나한테도 아이가 일곱이나 있었지만 지금은 딸 하나만 남아 있을 뿐이에요."

그러고 나서 노부인은 자신이 지금 어디서 어떻게 그 딸과 함께 살고 있으며, 손자가 몇 명이라는 것까지 시시콜콜 털어놓기 시작했다.

"보다시피 나도 이제는 기운 없는 늙은이지만 아직 일을 놓지 못하고 있지요. 어린 손자들이 가여워서예요. 어찌나 착하고 예쁜지! 그 애들처럼 나를 반겨 주는 사람은 세상에 없어요. 글쎄, 아크슈트라는 녀석은 나에게만 매달리고, 다른 사람과는 아무 데도 가려 하지 않아요. 그 애는 나를 '내가 제일 좋아하는 우리 할머니'라고 부른답니다."

이야기를 하는 동안 노부인의 마음은 무척 부드러워졌다. 그녀는 마음을 열고 사과를 훔치려 한 아이를 용서하기로 했다.

"그래, 그저 아이들이 한 일이니까. 하나님, 부디 이 아이와 함께하시기를!"

노부인이 아이를 보며 말했다.

말을 마친 노부인이 자루를 어깨에 메려고 하자 그 아이가 재빨리 뛰어가 말했다.

"제가 들어다 드릴게요, 할머니. 저도 그쪽으로 가는 길이니까요."

노부인은 고개를 끄덕이면서 자루를 아이의 어깨에 얹었다. 이렇게 해서 두 사람은 나란히 거리를 걸어갔다. 노부인은 아브제이치에게 사과 값을 받는 것도 잊어버렸다. 아브제이치는 그 자리에 서서 두 사람의 뒷모습을 물끄러미 바라보았다. 연신 이야기를 주고받는 그들의 모습은 무척 정답게 보였다.

두 사람을 보내고 집 안으로 돌아온 아브제이치는 층계 위에서 안경을 발견했다. 다행히 깨지거나 긁힌 곳은 없었다. 그는 방바닥에서 바늘을 찾아 주워들고 다시 일을 시작했다.

한창 일을 하다가 실이 잘 꿰지지 않아 잠시 고개를 들고 밖을 바라보니 어느새 해가 저물어 가로등지기가 가로등에 불을 켜고 다니고 있었다.

"나도 불을 켜야겠군."

그는 등잔에 불을 붙여 고리에 걸어 놓은 뒤 다시 일을 시작했다.

잠시 후 장화 한 짝을 마무리한 그는 그것을 이리저리 돌려가며 세심히 살펴보았다. 이번에도 만족스럽게 꿰맸다.

그는 가죽 부스러기를 쓸어 모으고 바느질 도구를 정리한 뒤 등잔을 탁자 위에 놓고는 늘 그랬듯 선반에서 성경을 꺼냈다. 그는 어제저녁에 읽다가 가죽 조각을 끼워 두었던 곳을 펼치려고 했는데, 이상하게도 다른 페이지가 펼쳐졌다.

성경을 펼치는 순간, 아브제이치는 어젯밤 꿈을 떠올렸다. 그리고 갑자기 뒤에서 인기척이 느껴졌다. 그가 얼른 뒤를 돌아보니 방 한구석에 분명 사람의 그림자 같은 것이 어른거리고 있었다. 그러나 누군지는 알 수 없었다.

이윽고 그의 귀에 나지막한 속삭임이 들려왔다.

"마르틴, 마르틴! 너는 나를 알아보지 못하겠느냐?"

"누구십니까?"

아브제이치가 물었다.

그 목소리가 다시 말했다.

"보아라, 이 사람이 바로 나였다."

어두운 구석에서 스테파니치가 나와 빙긋이 웃었다. 그러고는 구름처럼 흐려지더니 금세 사라져 버렸다.

"이 사람 역시 나였다."

다시 목소리가 들리더니 이번에는 어두운 구석에서 아기를 안은 여인이 나와 생긋이 웃었고 아기도 따라 웃었다. 그들도 곧 사라져 버렸다.

"이 사람들 또한 나였다."

목소리가 다시 들려왔다. 그리고는 노부인과 사과를 든 사내아이가 나와 미소를 짓더니 앞의 사람들과 마찬가지로 연기처럼 사라졌다.

아브제이치의 마음은 기쁨으로 차올랐다. 그는 자신의 가슴에 성호를 긋고 나서 안경을 쓰고 성경을 읽기 시작했다. 그는 펼쳐진 페이지의 첫머리에서 다음과 같은 구절을 읽었다.

내가 주릴 때에 너희가 먹을 것을 주었고 목마를 때에 마시게 하였고 나그네가 되었을 때에 영접하였고 헐벗었을 때에 옷을 입혔고 병들었을 때에 돌보았고 옥에 갇혔을 때에 와서 보았느니라.
- 마태복음 25장 35~36절

그리고 그 페이지의 아래쪽에는 다음과 같은 구절이 있었다.

임금이 대답하여 이르시되 내가 진실로 너희에게 이르노니 너희가 여기 내 형제 중에 지극히 보잘것없는 자 하나에게 한 것이 곧 내게 한 것이니라 하시고.
-마태복음 25장 40절

아브제이치는 그제야 깨달았다. 지난밤에 들었던 그 목소리가 꿈이 아니었다는 사실을. 이날 정말로 그리스도가 자신을 찾아오셨다는 것과 자신이 그분을 올바르게 맞이했다는 사실도 말이다.

젊은 황제의 꿈

막 황위에 오른 젊은 황제가 있었다. 젊은 황제는 예전에 황위를 거쳐 간 황제들이 그리했던 것처럼 5주 동안 단 하루도 쉬지 못한 채 일해야 했다. 매일매일 황제는 궁중의례에 참석했고, 수많은 서류에 서명을 했으며, 그를 찾아온 대사들과 고위 공직자들을 만나는 것은 물론 군대를 점검했다. 이렇게 많은 일을 처리하느라 젊은 황제는 매우 피곤했다. 여행길이 지루하고 갈증까지 덮친 여행자가 물 한 모금과 잠깐 동안의 휴식을 갈망하듯 이 젊은 황제도 대사들이나 공직자들과의 만남이나 연설을 하는 일, 그리고 군대를 점검하는 일과에서 벗어나 단 하루만이라도 쉴 수 있었으면 좋겠다고 고대했다. 하루가 무리라면, 단 몇 시간만이라도 평범한 사람들처럼 지낼 수 있었으면 좋겠다고 생각했다. 바로 한 달 전에 황제와 결혼한 아름답고 명민한 아내와 단둘이서 말이다.

시간이 흘러 어느새 크리스마스이브가 돌아왔다. 젊은 황제는 이날 저녁만큼은 마음 편히 쉴 수 있기를 바라며, 그러기 위해서 모든 일을 깔끔히 마무리 짓기로 결심했다. 황제는 전날 국무위원들이 검토해 주십사 청한 서류들을 밤늦게까지 살펴보았다.

그리고 다음 날 아침, 황제는 예배를 드렸다. 군대 열병식에 참석했고, 오후에는 외국에서 온 방문객을 공식적으로 접대했다. 그 후, 황제는 세 명의 장관에게 국정 보고를 들었다. 여러 중요한 사안에 대해서는 윤허를 내리기도 했다.

재무부 장관과 회의할 때, 황제는 수입품에 대한 관세를 인상하는 법안에 동의하게 되면 향후 수백만 루블의 국가 수입이 생길 것으로 예상했다. 또한, 러시아 각 지역에서 크라운 회사의 브랜디 판매를 허가했다. 다양한 마을에 자리한 상점에서 술을 판매하는 것을 허용한다는 칙령에 서명을 했다. 이런 식으로 나라의 영혼을 팔아먹는 조치를 통해 주요 수입이 상당히 늘어날 것임을 헤아릴 수 있었다.

젊은 황제는 금융 협상을 하기 위해 필요한 국채를 발행할 것을 결정했다. 법무부 장관은 스나이더 남작의 승계권을 둘러싼 복잡한 소송 사건에 대해 보고했다. 젊은 황제는 이에 서명하는 것으로 그 사건을 종결지었다. 그다음에 부랑자를 처벌하기 위해 형법 1830조를 적용해서 새로운 조례를 인정했다.

내무부 장관과 회의를 한 후에는 연체되고 있는 세금을 걷기 위한 대책에 대해 동의했다. 외교 관계를 반대하는 파벌주의자들을 박해하는 것과 관련해서 일련의 조치를 취해야 한다는 내용이 적힌 명령서에도 서명을 했다. 또한 예전부터 계엄령을 시행하고 있는 각 지방에 앞으로도 계속 계엄령을 시행하겠다는 법안도 통과를 시켰다.

국방부 장관과는 징병을 활성화하고, 훈련을 위반했을 때는 처벌을 강화하기 위해서 새 참모총장을 임명할 계획을 세웠다. 젊은 황제는 업무가 끊이지 않아서 많은 사람과 계속 이야기를 나누어야 했다. 그런 자리에서 진술한 대화는 이루어지지 않았고, 단지 형식적인 대화만 오갔다.

마침내 피곤한 만찬이 끝났다. 이야기를 나눴던 모두가 떠났다. 젊은 황제는 안도의 한숨을 내쉬며 활짝 기지개를 폈다. 온갖 훈장과 장식이 달려서 휘황찬란한 요란한 황제 복을 벗고, 왕위를 계승받기 전에 입곤 했던 재킷으로 갈아입기 위해 궁전으로 돌아갔다. 젊은 왕비도 야외 복을 벗고서 마침내 황제와 단둘만의 시간을 가지게 되었다고 생각하며 만찬 자리에서 나왔다.

황제는 양쪽에 일렬로 꼿꼿하게 서 있는 하인들 앞을 지나

침실로 들어갔다. 온몸을 누르고 있던 무거운 황제 복을 벗어 던지고 가벼운 재킷으로 갈아입자, 젊은 황제는 온갖 많은 일에서도 벗어났다는 기쁨을 만끽할 수 있었다.

자유로웠다. 유쾌하고 건강한 청춘이었다. 그리고 황제의 마음속에는 사랑의 의식을 치르기 전에 용솟음치는 온화한 감정이 가득 찼다. 황제는 소파에 털썩 주저앉아서는 다리를 일자로 쭉 뻗었다. 두 손으로 머리를 받치고 램프가 뿌리는 은은한 그림자에 눈길을 주었다. 유년 시절에는 느끼지 못했던 기분으로 잠자리에 들고 싶었다. 야릇한 느낌이 밀려왔다. 그리고 곧 이겨 낼 수 없는 졸음이 갑자기 그를 엄습했다. 그 기분 상태에서도 황제는 생각했다.

'곧 아내가 침실로 오겠지. 내가 잠든 것을 본다면……. 안 돼, 지금 잠들 수는 없어.'

젊은 황제는 팔꿈치를 무릎에 가져다 대고, 손바닥으로 뺨을 감싼 후에 편안한 자세를 취했다. 매우 행복했다. 이 기분 상태에서 깨어나고 싶지 않았다.

그때 누구에게나 일어나는 현상이 그에게 벌어졌다. 언제, 어떻게 일어났는지 알지 못한 사이에 황제는 잠에 취하고 말았다. 그는 자신의 의지와 상관없이, 그리고 전혀 바라지 않는데 현실을 만끽하고 행복을 아쉬워할 틈도 없이 꿈나라로 빠졌다. 황제는 마치 죽음과 같은 깊은 잠을 잤다. 얼마나 오랫동안 잠을 잤는지 황제 자신도 알지 못했다.

황제는 어깨를 살며시 건드리는 촉감에 황제는 깜짝 놀라서 깼다. 그는 생각했다.

'내 사랑 아내인가? 그래, 그녀가 틀림없어. 깜빡 잠에 취해 졸다니 정말 부끄러운 일이군.'

그러나 황제의 기대와 달리 눈앞에 서 있는 이는 아내가 아니었다. 황제는 깜짝 놀라서 번쩍 눈을 떴다. 불빛에 비쳐 눈이 부셔서 잘은 보이지 않았지만, 그가 기대했던 왕비가 아니었다. 아름답고 매력적인 신의 창조물이라고 여겼던 왕비, 정녕 그녀가 아니었다.

한 남자가 서 있었다. 젊은 황제는 그가 누구인지 도통 알 수 없었다. 한 번도 본 적이 없는 낯선 남자였으나 황제는 놀라지 않았다. 아주 오래전부터 알고 있었고 좋아했던 사람인 듯했다. 오히려 남자가 출현한 것은 매우 당연하고, 꼭 일어나야 할 일이었던 것처럼 느껴졌다.

낯선 남자가 황제에게 말했다.

"가시지요!"

어디로 가야 하는지 몰랐지만 황제는 낯선 남자의 요구를 따를 수밖에 없는 듯 대답했다.

"그러지요. 갑시다."

황제는 곧이어 물었다.

"아니, 그런데 어떻게 가지요?"

"이렇게 하면 가실 수 있습니다."

낯선 남자는 황제의 이마에 손을 가져다 댔다. 그러자 황제는 의식을 잃었다.

얼마 동안이나 의식을 잃었는지 알 수 없었고, 의식을 되찾았을 때 황제는 자신이 알 수 없는 이상한 장소에 와 있다는 사실을 알 수 있었다. 황제가 처음으로 마주한 것은 질식할 것만 같은 지독한 오물 냄새였다.

황제는 넓은 통로에 서 있었다. 희미한 등불 두 개가 붉은 빛을 발하며 공간을 밝히고 있었다. 한쪽 통로 쪽으로 두꺼운 벽이 늘어서 있었다. 가끔 철 틀에 끼어 있는 창문이 보이기도 했다. 그 맞은편에는 자물쇠가 달린 문들이 있었다. 통로에는 병사들이 벽에 기대선 채 잠이 들어 있었다.

문 쪽에서 숨죽여 말하는 듯한 여러 사람의 목소리가 들려왔다. 낯선 남자는 좀 전과 같이 젊은 황제 곁에 서서, 보드라운 손으로 황제의 어깨를 누르고 있었다. 그리고 황제를 첫 번째 문 쪽으로 슬며시 밀며 인도했다. 서 있던 보초는 그들에게 전혀 신경을 쓰지 않았다. 젊은 황제는 낯선 남자의 손길에 복종하는 수밖에 별다른 도리가 없었다.

황제는 첫 번째 문으로 다가갔다. 놀랍게도 보초는 황제를 정면으로 바라보고 있었지만, 그를 보지 못하는 것 같았다. 보초는 황제 앞에서 차렷 자세를 취하지도 않았고 경례를 하지도 않는 것으로 보아 보이지 않나 보았다. 문에 작은 구멍이 나 있었다. 황제는 어깨를 지그시 누르는 손길의 재촉에 따라 문 쪽으로 좀 더 가까이 접근해서 작은 구멍에 눈을 가져가 들여다보았다. 문 쪽 가까이 다가서자 질식할 것만 같은 고약한 냄새가 더욱 짙고 심하게 풍겨 왔다.

젊은 황제는 그 자리에서 머뭇거렸지만, 낯선 남자의 손은 계속해서 황제를 슬슬 몰았다. 황제는 몸을 앞으로 굽히고서 구멍에 눈을 들이댔다. 그 순간, 갑자기 냄새가 사라진 듯 느껴졌다. 황제의 눈앞에 펼쳐진 광경이 후각을 잃게 한 것이다. 길이 9미터, 폭은 5미터는 되는 정도의 커다란 방에 발목까지 오는 기다란 잿빛 코트를 입은 여섯 사람이 벽 사이를 계속 왔다 갔다 하고 있었다. 그중에 몇 사람은 가죽 부츠를 신고 있었으나 그들 외에 다른 사람들은 맨발이었다.

방에는 모두 스무 명 넘는 사람들이 있었다. 하지만 처음에 황제의 눈에는 한결같은 보폭으로 얌전히 발걸음을 재촉하는 사람들만 보였다. 아무 목적도 없이 서로 마주치며 끊임없이 저마다의 발걸음을 내딛고, 벽에 다다르면 황급히 방향을 트는 그들의 모습은 끔찍하기 그지없었다.

서로 눈길조차 마주치지 않은 채 그들은 오로지 자신의 생각에만 열중해 있는 것이 확실했다. 언젠가 이와 비슷한 장면을 본 적이 있다고, 젊은 황제는 상기했다. 동물원의 호랑이가 꼬리를 흔들며 소리도 내지 않고 우리 안을 서성이던 모습이 떠오른 것이다. 그때 보았던 호랑이 역시 그 누구에게도 눈길을 건네지 않은 채 어슬렁거리다가 창살 앞에 다다르면 조용히 방향을 틀었었다.

그들 중에 젊은이가 하나 있었는데, 농부로 보였다. 곱슬머리에 핼쑥한 안색, 인간미를 찾아볼 수 없는 사악하고 골몰한 듯한 눈빛만 아니라면 꽤 잘생긴 외모를 가지고 있었다. 또 다른 한 사람은 유태인이었는데, 몸에 털이 많고 표정이 우울해 보였다.

세 번째 사람은 대머리에 몸이 홀쭉한 노인이었다. 그곳에 갇힌 이후로 기른 듯 보이는 철사 같은 수염이 얼굴 전체에 뻗어 있었다. 네 번째 사람은 대단한 거구였다. 그는 매우 발달된 근육과 약간 함몰된 이마, 납작한 코를 가지고 있었다.

다섯 번째 사람은 어린아이나 마찬가지였다. 키는 컸지만 살가죽이 뼈에 달라붙은 것이 폐병 환자처럼 보였다. 여섯 번째 사람은 체구가 작고, 피부가 검었으며, 신경질적이고 성질이 급해 보였다. 그는 걷는다기보다 거의 뜀박질을 하는 수준으로 왔다 갔다 하며 계속해서 뭐라고 하는지 알 수 없게 중얼거렸다. 그들은 젊은 황제가 들여다보는 구멍 앞을 지나쳐 갔다. 모두가 잰걸음으로 이리저리 걸었다. 황제는 그들의 얼굴 표정과

걸음걸이를 관심 있게 지켜보았다.

그들의 모습을 세심히 관찰하던 황제는 방 한구석에도 상당히 많은 또 다른 사람들이 있다는 사실을 알아차렸다. 사람들은 둥그렇게 옹기종이 모여 있거나, 침대로 사용되는 듯한 선반 위에 누워 있었다. 문 앞에 바짝 붙어 서 있던 황제의 눈에 양동이 하나가 비쳤다. 못 견딜 정도로 심하게 풍기는 악취는 바로 그 양동이에서 나는 것이었다.

약 열 명 정도의 사람이 선반 위에 온몸을 외투로 완전히 가린 채 잠자고 있었다. 덥수룩하게 수염을 기른 빨간 머리칼의 사내는 셔츠를 벗어서 들고는 문턱에 걸터앉아 있었다. 그는 벗은 셔츠를 등불에 비추면서 셔츠에 붙은 무언가를 열심히 살폈다. 벼룩을 잡고 있는 것이 틀림없었다.

머리칼이 마치 눈처럼 하얗게 센 노인도 눈에 들어왔다. 노인은 문에 기대어 비스듬한 방향으로 앉아 있었다. 몸을 구부리고 가슴에 성호를 그으면서 기도를 올리고 있었다. 그는 기도에 깊이 몰입해서 주변 환경이나 상황 같은 것들은 염두에 두지 않은 듯했다.

젊은 황제는 생각했다.

'이곳은 감옥이군. 이들이 정말 불쌍하다는 생각이 들어. 끔찍해. 그러나 어쩔 수 없지 않은가. 전적으로 그들이 잘못한 것이니까.'

황제가 이렇게 생각하자 안내하는 역할을 맡았던 낯선 사람이 즉시 응답을 보냈다.

"황제여, 이들은 모두 당신의 명령 때문에 여기에 갇혀 있는 것입니다. 이들 모두 당신의 이름으로 선고를 받았습니다. 비록 당신의 인간적인 판단에 의해 이런 처지이지만, 이들 대부분이 당신이나 이들을 재판하고 지키고 서 있는 사람들보다 훨씬 낫습니다."

그러면서 낯선 남자는 잘생긴 곱슬머리의 사내를 가리켰다.

"저 친구는 살인을 저질렀습니다. 하지만 저 사람이 전쟁이나 결투장에서 맞선 상대를 죽이고 무훈으로 포상을 받는 사람보다 죄가 많다고 생각하지 않습니다. 그는 전혀 교육을 받지도 못한 사람입니다. 어렸을 때 도둑들과 술주정뱅이들 틈에서 살아야 했지요. 그렇기에 그의 죄는 경감될 수 있겠지만 아무리 그렇더라도 살인이라는 죄를 저지른 사람입니다. 그는 한 장사꾼을 죽이고 나서 물건을 훔쳤습니다.

저 유태인은 도둑이며, 도둑 떼의 일원이었습니다. 저쪽 눈에 띄게 몸집이 거대한 사내는 말을 훔쳤다는 이유로 이곳에 끌려왔지요. 다른 죄수들에 비한다면 죄인이라 할 것도 없을 정도입니다. 자, 보십시오!"

젊은 황제의 눈앞에 갑자기 넓디넓은 국경지대가 나타났다. 오른편에는 감자밭이 있었다. 나무들이 뿌리째 뽑혀 산더미처럼 쌓여 있었는데, 서리를 맞아 검게 변해 있었다. 한 구획 건너마다 겨울 밀이 줄을 지어 심겨 있었다. 저 멀리 마을에 기와지붕들이 보였다. 왼편에는 겨울 밀밭과 수확을 끝낸 그루터기가 있었다.

국경지대의 초소에는 검어 보이는 한 사람 외에는 사방 어디에도 사람의 모습은 찾아볼 수 없었다. 그는 총을 등 뒤에 걸쳐 메고 있었다. 개 한 마리가 그의 발밑에 쪼그리고 앉아 있었다.

젊은 황제가 서 있는 바로 그곳에 푸른 띠를 모자에 두른 젊은 러시아 병사 한 명이 앉아 있었다. 어깨 위에 총을 걸쳐 놓은 채 그는 담배를 피려는 듯 종이를 말고 있었다. 그 병사는 젊은 황제와 낯선 남자가 자신을 보고 있다는 사실을 전혀 눈치채지 못했다. 그래서 그들이 나누는 대화 역시 듣지 못하는 것 같았다. 황제가 병사 바로 앞에 서서 물었다.

"여기가 어딘가?"

병사는 두리번거리기만 할 뿐, 정작 대답은 낯선 남자가 했다.

"프로이센의 국경지대이지요."

그때 그들이 있는 곳에서부터 꽤 떨어진 곳에서 총성이 들렸다. 젊은 러시아 병사는 벌떡 일어섰다. 두 남자가 몸을 바짝 굽히고서 뛰어가는 모습을 보았다. 병사는 주머니에 담배를 황급히 쑤셔 넣고, 그들 중에 한 명을 뒤쫓으며 큰소리쳤다.

"서라! 서지 않으면 쏜다!"

도망자는 한 번 뒤를 돌아볼 뿐 멈추지 않았다.

"빌어먹을 놈 같으니!"

병사는 욕설을 해 대며 한 발을 약간 앞으로 내디뎠다. 얼굴은 총에 대고, 오른손은 들어 올리며 무언가 작동 장치를 조정한 후 목표물을 조준했다. 도망자를 겨냥한 것이다. 총알은 틀림없이 발사되었는데, 소리는 들리지 않았다. 황제는 생각했다.

'아, 연기가 나지 않는 화약이군.'

비틀거리며 몇 걸음을 앞으로 더 내딛더니 도망자는 점점 몸이 앞으로 숙여지는 것을 어쩔 수 없는 듯했다. 그는 마침내 쓰러졌고 땅바닥에 널브러지고 말았다. 그 상황에서도 그는 손과 무릎을 이용해 기어서라도 가려고 안간힘을 썼다. 그러나 결국 그는 땅바닥에 그대로 엎어진 채 꼼짝하지 않았다.

그 병사보다 앞서서 뛰던 또 한 명의 도망자가 뒤를 돌아보았다. 그 도망자는 땅바닥에 엎어진 동료에게 돌아왔다. 그는 동료를 위해 무슨 일인가를 하려고 하다가 곧 포기하고 달아나기 시작했다.

황제는 낯선 사람에게 물었다.

"도대체 이런 모습을 어째서 나에게 보여 주는 것입니까?"

"이들은 법을 집행하기 위해서 국경을 지키는 병사들입니다. 저 도망자 남자는 국가 수입을 지켜야 한다는 이유로 살해를 당했습니다."

"저 남자가 정말로 죽었단 말이오?"

낯선 남자는 다시 젊은 황제의 이마에 손을 뻗었다. 황제는 또다시 의식을 잃었다.

황제가 정신을 차렸을 때, 이번에는 작은 방에 있었다. 세관이었다. 죽은 한 남자의 시체가 바닥에 눕혀져 있었다. 수염이 희끗희끗했고, 매부리코였다. 길게 눈이 찢어져 있는 눈의 눈꺼풀은 굳게 닫혀 있었다. 두 팔은 축 늘어진 채였고, 신발은 벗겨져 있었다. 뭉툭한 데다가 더럽기까지 한 발가락은 위쪽으로 똑바로 향해 하늘을 치솟아 있었다.

죽은 남자의 옆구리에 큰 상처가 나 있는 것이 보였다. 거의 누더기가 돼 버린 겉옷과 푸른색 셔츠는 피로 얼룩덜룩해져 있었다. 군데군데 붉은 선혈이 남아 있었으나 대부분 거무칙칙하게 변해 있었다.

숄로 얼굴을 감싼 한 여인이 벽에 붙은 채 울먹거리고 있었다. 그녀는 그 자리에서 꼼짝하지 않고 시체가 되어 버린 남자의 매부리코와 위로 치켜 들린 발가락, 그리고 툭 튀어나온 안구를 쏘아보고 있었다.

흐느끼다가 한숨을 내쉬고, 눈물을 훔치는 움직임을 일정한 시간 간격을 두고 되풀이했다. 옆에 열세 살 정도 돼 보이는 예쁘장한 계집아이가 있었다. 아이는 눈을 동그랗게 뜨고, 크게 입을 벌린 채 제 어머니 곁을 떠나지 않았다. 여덟 살 난 사내아이도 보였다. 어머니의 치맛자락 끝을 붙잡은 채 죽은 아버지를 눈 한 번 깜빡거리지 않고 뚫어지게 쳐다보았다.

문이 열렸다. 관리, 장교, 의사, 그리고 기록원이 서류를 들고 들어왔다. 아까 그 병사가 그들 뒤를 따라 들어왔다. 남자를 총으로 쏜 병사였다. 그는 상관들 뒤에서 기운차게 멈추어 섰다. 그러나 시체를 보자마자 그는 얼굴이 창백해지면서 온몸을 부들부들 떨었다. 그러고는 고개를 떨어뜨린 채 잠자코 서 있었다. 관리는 시체로 변한 남자를 손으로 가리키며 물었다.

"국경을 넘어 탈출하려던 자인가? 그래서 총을 쏘았나?"

병사는 바로 대답하지 못했다. 그의 입술이 떨렸고, 얼굴이 일그러졌다.

"마⋯⋯."

병사는 차마 대답하지 못했다.

"맞습니다."

관리들은 함께 온 일행과 얼굴을 맞대고 상의한 다음 무슨 내용인가를 써 내려갔다.

"황제께서는 이런 제도의 좋은 점을 보시게 될 것입니다."

이번에는 매우 화려한 방에서 두 남자가 포도주를 마시고 있었다. 한 사람은 머리칼이 잿빛이 된 노인이었고, 다른 한 사람은 젊은 유태인이었다. 젊은 유태인은 한 손에 은행 어음책을 준 채 노인과 흥정을 하고 있었다. 그는 밀수품을 사려는 중이었다.

노인이 웃음을 흘리며 말했다.

"당신은 아주 싼값에 산 것이오."

"알지요. 허나 위험이……."

젊은 황제는 말했다.

"정말 끔찍한 일이로군. 하지만 어쩔 수 없지 않겠소. 이런 제도는 필요하오."

황제의 푸념에 낯선 남자는 대꾸하지 않았다. 단지 이렇게 말했다.

"계속 보시지요."

낯선 남자는 다시 황제의 이마에 손을 가져다 댔다. 황제가 의식을 되찾자 이번에는 어둑어둑한 등불이 밝혀진 방에 서 있었다. 재봉틀에 앉아 있는 한 여인이 보였다. 여덟 살 사내아이는 책상에 앉아 몸을 숙인 채 그림을 그리고 있었다. 이때 왁자지껄하게 떠들어 대며 아버지와 딸이 방으로 들어왔다. 낯선 남자가 황제에게 말했다.

"황제께서는 이제 '영혼을 팔아먹는 조치'에 서명한 결과를 보실 것입니다."

여인이 말했다.

"무슨 일이에요?"

"아무래도 그 친구는 오래 살 수 있을 것 같지가 않아."

"그분에게 무슨 일이라도 생겼나요?"

"그 친구는 하루 종일 술에 취해 살아."

여인이 소리쳤다.

"정말요? 말도 안 되는 소리 말아요."

"정말이야. 겨우 아홉 살 난 꼬마 녀석도 불쌍해. 딱한 바니아 마라쉬킨."

아내가 물었다.

"당신은 그분을 위해 무슨 일을 해서 도왔나요?"

"할 수 있는 일은 모두 다 했어. 나는 그에게 구토제를 주었고 겨자 연고도 발라 주었지. 하지만 알코올중독 증세를 보이고 있다고."

딸이 말했다.

"그건 놀라운 일도 아니에요. 그 집 식구 모두는 술고래라고요. 그중에는 그래도 아니시야가 나은 편이지요. 아니시아도 가끔은 취해 있어요."

동생이 누이에게 물었다.

"누나가 다니는 금주 협회는 어떨까?"

"그런 알코올중독 사람들이 술 마실 기회가 어디나 널려 있는데 우리 금주 협회가 무슨 일을 해 줄 수 있겠니? 술집 문을 닫게 하려고 아버지는 무척 애를 쓰셨지만 법이 그렇지 않은데 어쩌겠어? 더군다나 나도 바실리 에르밀린에게 술집을 운

영하는 것은 사람들을 술로 망치게 하는 길이라고 설득해 보았어. 그렇지만 그는 많은 사람 앞에서 나를 망신 주며 도도하게 떠들어 댔지. '나는 황제께 허가를 얻었다고. 내 사업이 잘못되었다면 황제께서 술집을 허용한다는 칙령을 내리지도 않으셨을 거야'라고 말이야.

끔찍한 일이지 않아? 온 마을이 지난 사흘간 술 취해 있었어. 잔칫날만 생각하면 몸서리를 칠 정도라고. 술은 어떤 순간에도 이롭지 않다는 사실은 이미 증명되었어. 언제나 해를 끼치지. 결국 술은 치명적인 독이라는 사실이 증명된 셈이야.

게다가 전 세계적으로 일어나는 범죄율의 99퍼센트가 술로 인해서야. 음주가 금지된 나라는 도덕과 복지 수준이 눈에 띄게 향상되고 있다는 사실을 우리 모두는 알고 있어. 예를 들어 스웨덴이나 핀란드 같은 나라를 보라고. 도덕적으로 민중을 계몽하면 음주를 금지할 수 있어.

그렇지만 우리나라에서 그런 계몽을 주도하는 역할을 해 줄 집단이, 예를 들면 정부와 사제, 관리들이 음주를 부추기고 있는 셈이야. 그도 그럴 것이 정부의 주요 수입원이 국민들이 마셔 대는 술에서 나오니까 말이지. 결국 그들은 스스로 파멸하는 거지. 국민의 건강을 빨아먹고 있잖아. 사제들도 마셔 대고, 주교들도 마셔 대."

다시 낯선 남자가 젊은 황제의 머리를 만졌고, 황제는 정신을 잃었다. 이번에는 한 농부의 오두막으로 옮겨 갔다. 사십 대로 보이는 농부는 얼굴빛은 발갛고 눈은 충혈돼 있었다. 농부는 무섭게 화내며 한 늙은 노인의 얼굴을 때리고 있었다. 노인은 필사적으로 그 농부의 주먹을 피하려고 했지만 소용이 없었다. 장년의 농부는 노인의 수염을 세게 잡아당겼다.

"정말 창피해 죽겠다. 아버지를 때리다니."

"상관 마. 죽여 버리고 말겠어! 시베리아로 끌려가도 좋아. 상관 말라고!"

여자들은 비명을 질러 댔다. 술에 취한 경찰들이 오두막으로 몰려들어 와서는 아버지와 아들을 떨어뜨려 놓았다. 아버지는 이미 팔이 부러졌고, 아들의 수염은 뜯겨 나가고 없었다. 대문간에서는 술에 취한 듯 보이는 딸이 정신이 나갈 정도로 술에 취해 인사불성인 늙은 농부와 격렬하게 사랑을 나누고 있었다.

젊은 황제가 말했다.

"동물이나 다름없어!"

다시 낯선 남자의 손이 황제의 머리에 닿았고, 황제는 전혀 새로운 곳에서 정신이 들었다. 법정 안이었다. 뚱뚱하고, 머리가 벗겨졌으며, 아래턱이 늘어졌는데, 어울리지도 않게 목걸이를 한 남자가 자리에서 일어나서는 큰 소리로 판결문을 읽어 내려가기 시작했다. 많은 농부가 쇠창살 뒤에 우르르 서 있었다. 그런데 그중에 유독 누더기를 걸친 한 여인은 일어나지 않았다. 간수가 그녀를 확 밀쳤다.

"자지 말라고! 일어서라고!"

여자가 일어났다. 재판관이 다시 판결문을 읽어 나갔다.

"위대하신 황제의 칙령에 따라……."

바로 그 여자와 관련되어 있는 판결이었다. 여자가 지주의 탈곡장을 지나다가 반 다발 정도의 귀리를 훔쳤기 때문이다. 재판관은 그녀에게 두 달간의 금고형을 선고했다. 귀리를 도난당한 지주도 법정에 참석해 있었다. 재판관이 잠시 휴정하자, 지주는 그에게 다가가 악수를 청했다. 두 사람은 곧 대화를 나누었다.

다음 재판은 사모바르*를 도둑맞은 사건이었다. 그리고 통나무를 잘못 잘라 주어서 지주에게 손해를 끼친 사건에 대한 재판도 진행되었다.

다시 젊은 황제는 정신을 잃었다. 정신을 돌아왔을 때 황제가 있는 곳은 마을 한가운데였다. 과로 때문에 지친 지방 경찰을 공격한 남자의 아내, 여섯 자녀가 배를 곯고 있었다.

다시 또 새로운 장면이 눈앞에 펼쳐졌다. 시베리아였는데, 한 부랑자가 채찍질을 당하고 있었다. 법무부 장관이 공포한 명령이 시행 중이었던 것이다. 그 광경이 지워지고 또 다른 광경이

---

* 은으로 만든 러시아식 전통 발열 주전자

황제의 눈앞에 펼쳐졌다.

한 시계공 유태인 가족이 찢어지게 가난하다는 이유로 추방령을 받는다. 아이들은 울고 있고, 이삭의 후손인 유태인은 깊은 시름에 잠겨 있었다. 그러다가 마침내 그들에게 타협점이 주어졌다. 임시 움막에서 머물러도 좋다는 정부의 허락을 받은 것이다. 경찰서장은 뇌물을 받았다. 지방의 주지사 역시 비밀리에 뇌물을 받았다.

세금이 걷혔다. 암소가 팔려 나갔다. 공장 주인은 경감에게 뇌물을 건네고 세금을 착복했다. 다시 마을 법정 장면이 보였다. 판결이 집행되고 있었다. 채찍질이 시작되었다.

"일리야 바실리예비치. 나를 용서할 수는 없겠는가?"

"안 돼!"

농부는 눈물을 터뜨렸다.

"알았어. 그리스도는 당신이 고통받았듯이 너도 고통을 받으라고 말씀하셨어."

다른 장면들이 또다시 펼쳐졌다. 스툰드 파*가 해산된 후 뿔뿔이 흩어졌다. 결혼을 거부했고 매장을 반대하던 교파였다.

황실의 철로 통행과 관련한 칙령이 선포되었다. 진흙탕 속에 병사들이 앉아 있었다. 춥기도 하고 배가 고파서 저주의 말을

---

* 1860년 즈음에 러시아의 농민들 사이에서 발현한 기독교의 한 분파

뱉었다. 마리 왕비 재단에서 세울 교육 기관에 대한 칙령이 선포되었다. 고아원을 운영하는 과정에도 부정부패가 당연시되고 있었다. 기념비는 쓸데없이 세워졌다. 성직자들 사이에 도둑도 끼어 있었다. 정치 경찰은 힘은 더욱 세졌다.

한 여인이 추적을 당하고 있었다. 국외로 추방 판결을 받은 죄수용 감방이 세워졌다. 가게의 점원을 살인했다는 죄목으로 한 남자가 교수형에 처해졌다.

군사 훈련장이었다. 군복을 입은 병사들은 훈련하는 모습을 보며 조소를 보내고 있었다. 집시들의 집단이었다. 한 백만장자의 아들은 의무인데도 병역 면제를 받았다. 그러나 대가족을 먹여 살려야 하는 한 외아들은 징집을 당했다.

대학을 살펴보았다. 교수는 병역 면제를 받았으나, 재능이 뛰어난 음악가들은 병역 의무를 다해야 했다. 주색에 빠져 흥청망청하고 있는 병사들도 수두룩했다. 질병은 만연해 있었다.

탈영을 시도하던 병사가 있었다. 그가 재판을 받고 있었다. 장교를 구타했다는 죄목으로 또 한 명의 병사가 재판을 받고 있었다. 장교가 자신의 어머니를 모욕했기 때문에 그랬던 것인데도 그는 사형에 처해졌다. 또다시 많은 병사가 사격을 거부했다고 하여 재판을 받았다. 탈영을 하려고 했던 병사는 징계 부대에 보내졌고 거의 죽을 정도로 채찍질을 당한다. 또 다른 병사 한 명은 아무 죄가 없는데 채찍을 맞았다. 그의 상처에는 소금이 뿌려졌다. 그는 결국 죽고 말았다. 장교 하나는 병사들의 돈을 훔쳤다. 장교들의 세계는 술잔치, 주색잡기, 도박, 그리고 오만으로 가득 차 있을 뿐이었다.

백성들의 대체적으로 처한 상황이 눈앞에 펼쳐지고 있었다. 아이들은 굶주려서 점점 약해져 갔다. 집에는 온갖 벌레로 가득했다. 노동과 복종, 그리고 슬픔이 쳇바퀴 돌 듯 계속되기만 했다. 이런 모습과 전혀 다른 세계가 있었다. 탐욕스럽고, 야망에만 가득 들떠 있고, 허영덩어리인 장관들과 지방 주지사들은 백성들에게 두려움을 심어 주려고 안달 나 있었다.

"도대체 인간적인 심성을 가진 사람은 어디에 있단 말이오?"
"그런 사람이 있는 곳으로 모시겠습니다."

실리셀부르크에 있는 여자 독방이었다. 한 여자가 미쳐 가고 있었다. 여인이라기보다 소녀에 가까운 또 다른 여인도 눈에 띄었다. 병사들에게 강간을 당한 그녀는 모든 것을 체념한 표정이었다.

유배형을 받은 한 남자는 혼자서 괴로워하며 반쯤 죽어 있었다. 중노동을 해야 하는 형벌을 받은 죄수 감옥도 보였다. 여자들이 채찍질을 당했다. 매우 많은 명수였다. 수십만 명의 선량한 백성이 감옥에 갇혔다. 왜곡된 교육으로 인해 파멸되어 갔다. 원하는 대로 백성을 기를 수 있다는 황제의 헛된 야망은 수많은 사람들을 황폐하게 만들 뿐이다.

애초에 젊은 황제의 꿈은 실현 불가능했기에 성공할 수 없으며, 예상했던 대로 파멸하는 길로 나아갔다. 그것은 옥수수 싹에서 이삭을 잘라서 메밀을 만들겠다고 시도했던 망상과 매한가지였다. 그랬다가는 옥수수마저 망칠지도 모를 일이었다. 아무리 그렇다고 해도 옥수수를 메밀로 바꿀 수는 없는 법이었다.

이처럼 세상의 모든 젊은이, 젊은 세대들은 파멸해 갔다. 그러나 이 젊은이들을 파멸시키는 사람들에게는 재앙이 따르리라!

"당신이 그들 중에 하나라도 파멸시킨다면 당신에게는 재앙이 따르리라! 황제 이름으로 파멸시킨 수많은 사람, 당신의 권력에 좌우되어 온 무수한 사람이 당신의 영혼에 목숨을 걸고 있다."

젊은 황제가 절망하여 소리쳤다.

"대체 나는 어쩌란 말인가? 나는 누구에게도 고통 주고 싶지 않았다. 채찍질을 하고 싶지도 않았다. 타락시키고 싶지도 않았고, 죽이고 싶지도 않았어. 나는 모두 행복하기만을 바랐을 뿐이야. 나 자신이 행복하기를 열망하듯 나는 온 세상이 행복할 수 있기를 원한다고. 내 이름으로 행한 이 모든 일이 전부 다 나의 책임이란 말인가? 나는 도대체 어찌해야 한단 말인가? 그 책임에서 벗어나려면 어찌해야 하는가? 나는 대체 무슨 일을 할 수 있는가?

이 모든 상황이 내 책임이라는 것을 인정할 수가 없어. 이 모든 일을 전적으로 내가 책임져야 한다면, 나는 이 자리에서 당장 자살을 해야 해. 진정 그것이 죄다 사실이라면 나는 살아갈 만한 자신마저 없어.

그러나 이미 벌어진 이 모든 사악한 현실을 어찌하면 끝장을 낼 수 있을까? 국가가 존립하는 자체와 밀접하게 관련이 있는데……. 그래, 나는 이 나라의 황제야! 나는 어찌해야 한단 말인가? 자살이라도 해야 하나? 아니면 퇴위해 버려야 하나? 그런 짓을 한다면 내 의무를 포기하는 셈이나 다름없어. 오, 하나님. 하나님. 부디 저를 도와주십시오."

황제는 울음을 터뜨렸다. 그러고 나서 꿈에서 깨어났다. 황제는 처음에 '정말 꿈이어서 다행이다'라고 생각했다. 그러나 꿈에서 본 아주 많은 장면을 떠올리며 현실과 비교해 보기 시작하자, 꿈에서 보았던 문제들은 현실에서도 중요하고 해결되지 않은 것이라는 사실을 깨달았다.

황제는 그가 양어깨에 짊어진 무거운 책임을 의식하며 깜짝 놀랐다. 그는 더 이상 젊은 왕비와 함께하는 기대에 부풀었던 마음 상태에 머물러 있지 않았다. 그는 떠맡고 있는 해결되지 않은 의문, '무슨 일을 해야 하는가?'라는 성찰에 집중해 있었다.

황제는 떨리는 마음을 억누른 채 일어나서 옆방으로 건너갔다. 선왕의 협력자이자 친구였던 늙은 조신이 방 한가운데에 서서 젊은 왕비와 대화를 하고 있었다. 왕비는 남편인 황제에게 오던 길이었다. 황제는 그들의 곁으로 다가갔다. 황제는 늙은 조신에게 꿈속 장면을 말해 주었고, 그 꿈이 자신의 마음에 남긴 것이 무엇인지 물었다.

늙은 조신은 대답했다.

"아주 고귀하신 성찰입니다. 폐하께서 선량하심을 증명해 주는 꿈이기도 합니다. 용서해 주소서, 솔직히 말씀드리겠습니다. 황제가 되기에는 폐하가 너무 마음이 여리고 착하십니다. 폐하의 책임을 지나치게 과장하고 있으십니다.

현실은 폐하께서 상상하시는 것과 다릅니다. 우리 백성들은 가난하지 않습니다. 모두 잘삽니다. 만약에 그들 중에 가난한 사람이 있다면 그것은 개인의 잘못 때문에 가난한 것입니다. 오로지 죄인만 처벌을 받습니다. 비록 피할 수 없는 실수를 간혹 하기는 하나, 그 정도의 실수는 벼락과도 같이 우발적인 사고이거나 하나님의 뜻입니다.

폐하께서는 오직 한 가지 책임밖에 없습니다. 폐하가 행할 임무를 용기 있게 실행하고, 주어진 권력을 굳건히 지키는 것입니다. 백성들은 폐하께서 최고의 황제가 되시기를 바라고 있습니다. 하나님께서도 분명 아실 테지요. 폐하께서 모르는 사이에 저지른 잘못을 말입니다. 그에 대해서는 하나님께 용서를 빌면 그것으로 충분합니다. 그렇게 하시면 하나님께서는 폐하를 잘 인도하시고 용서해 주실 것입니다.

폐하께서는 지금껏 용서를 빌 만한 그 어떤 잘못도 하지 않으셨기에 하나님은 기꺼이 폐하의 기도를 들어주시리라 생각합니다. 게다가 선왕이셨던 폐하의 아버님만큼이나 뛰어난 재능을 지녔던 분은 과거에도 없었고, 앞으로도 없을 것입니다. 그저 저희는 폐하께서 부디 장수하시어 저희의 끊임없는 충성을 받으시길 바랍니다. 그리고 저희를 총애해 주시는 것을 기대합니다. 그렇게만 해 주신다면 행복할 권리조차 없는 무뢰한들을 제외하고 모두가 행복할 것입니다."

젊은 황제가 왕비에게 물었다.

"왕비는 어찌 생각하시오?"

자유로운 나라에서 교육을 받은 현명한 왕비는 조신이 한 대답과 달리했다.

"저는 생각이 다릅니다. 먼저 그런 꿈을 꾸셨다니 저는 진심으로 기쁩니다. 폐하께 짊어지실 무거운 책임감이 있다고 생각하시는 것에 저는 전적으로 동의합니다. 저는 종종 아주 걱정하며 그 문제에 대해 되짚어 보았습니다. 폐하께서 짊어지실 수 없는 책임 중에 전부는 아닐지라도 약간은 벗을 수 있는 방법이 있다고 생각합니다. 폐하께서 부담을 느끼실 정도로 집중되어 있는 권력을 상당 부분 백성들에게, 또는 백성들의 대표에게 위임하는 것입니다. 그리고 폐하께서는 최고 통치권만 행하시는 것이지요. 달리 말씀드리자면 국가 중대사에 관한 전반적인 방향을 결정하는 권한만 지키시는 것입니다."

왕비는 막힘없이 자신의 의견을 내놓았다.

늙은 조신은 왕비의 의견에 반박했다. 두 사람은 서로에게 예의를 갖추기는 했으나 매우 열띤 토론을 벌였다. 젊은 황제는 두 사람이 논쟁하는 모습을 한참 지켜보았다. 그러나 어느새 둘의 목소리는 귓전에서 사라졌다. 그리고 꿈속에서 안내해 주었던 낯선 남자의 음성이 들렸다. 그것은 오직 황제의 마음속에서만 들려오는 목소리였다.

"당신은 황제이기도 하나 그 이상이시기도 합니다. 황제이신 당신도 인간이지 않습니까? 지금 늙은 조신이 떠들어 대고 있는 황제로서 짊어져야 하는 의무 이외에도, 당신은 절대 무시해서 안 될 더욱 다급하고 절박한 의무가 있습니다. 황제로서 신하들에 대한 의무는 부수적인 것에 불과할 뿐, 인간으로서 행해야 할 의무는 영원한 의무지요.

그것은 하나님과 관계를 맺은 한 인간이 행해야 할 의무입니다. 또 당신의 영혼을 향한 의무라고도 할 수 있습니다. 당신의 영혼을 구하고, 이 땅에 하나님의 왕국을 세우며 그분을 섬기기 위해서 꼭 필요한 임무입니다. 당신은 과거의 관습과 앞으로 예상할 수 있는 것에서의 행동 지침을 찾아선 안 됩니다. 당신에게 주어진 의무가 무엇인가를 생각해야 합니다."

황제가 눈을 떴다. 왕비가 그를 깨우고 있었다. 젊은 황제는 세 방향 중에서 어느 길을 택했는지 50년 후에나 밝혀지리라.

세 죽음

1

어느 가을날이었다.

두 대의 사륜마차가 가볍게 대로를 달리고 있었다. 앞서 가는 마차에는 두 명의 여인이 타고 있었다. 야윈 몸매에 창백한 얼굴빛의 한 여인은 차림새로 보아 귀부인처럼 보였다. 다른 한 여인은 그녀의 하녀인 듯했는데 뚱뚱했다. 얼굴빛은 붉고 윤기가 흘렀다.

하녀가 쓰고 있는 색이 바랜 모자 아래로 짧고 가는 머리칼이 흘러내린 것이 엿보였다. 하녀는 낡고 해진 장갑을 낀 붉은 손으로 흘러내린 머리칼을 신경질적으로 쓸어 올렸다. 고급 비단 숄로 감싼 하녀의 큼직한 가슴이 거칠게 들썩였다. 창밖을 스치는 벌판을 쳐다보던 날선 검은 눈매는 귀부인의 상태를 살

피느라 그녀에게 머물렀다가 곧 불안한 듯 마차 구석구석을 두리번거렸다.

선반 위에 놓여 있는 귀부인의 캡이 하녀의 코앞에서 흔들리고 있었고, 하녀의 무릎 위에는 강아지가 앉아 있었다. 하녀는 두 발을 마차 바닥에 놓아둔 짐 꾸러미 위에 올려놓았다. 두 발과 짐 꾸러미가 부딪히는 소리, 삐걱삐걱 스프링 소리, 덜컹거리는 창문 소리가 들릴 듯 말 듯 작게 들렸다.

귀부인은 두 눈을 감고 양손을 무릎 위에 가지런히 올려놓고 있었다. 등받이 쿠션에 기댄 몸이 가볍게 흔들거리는 동안에도 귀부인은 가끔씩 기침을 했고, 기침을 참아 보려고 보일 듯 말 듯 인상을 찌푸렸다.

그녀는 하얀 나이트캡을 쓰고, 핏기 없이 가는 목에 푸른 머플러를 두르고 있었다. 모자 아래로 기름을 발라 매끄러운 금발의 머리칼을 양쪽으로 지어 감추고 있었다. 눈처럼 하얗고 윤기 없는 늙고 창백한 얼굴에 죽음의 그림자가 드리워져 있었다. 병색이 짙어 보이는 창백한 안색으로 인해 그녀의 품위 있고 아름다운 자태를 빼앗겨 버린 듯했다. 뺨과 광대뼈는 결핵 때문인지 발갰다.

바싹 마르고 들떠 있는 입술, 윤곽마저 사라져 버린 얇은 속눈썹을 가진 귀부인은 매우 불안해 보였다. 그녀는 움푹 꺼진 가슴을 여행용 외투로 가리고 있었다. 두 눈은 비록 감고 있었지만 그녀의 얼굴에서 피로감과 신경질, 그리고 만성질환으로 인한 고통을 읽어 낼 수 있었다.

하녀는 마부석에서 등을 기댄 채 졸고 있었다. 옆으로 스쳐 지나가는 임시로 고용한 마부는 큰 소리로 땀에 흠뻑 젖은 말들을 몰았다. 부인은 가끔 뒤쪽 사륜 포장마차에서 소리치는 바루슈의 마부를 이따금씩 돌아보곤 했다. 두 대의 마차는 거의 일정한 속도로 달려 석회가 섞인 진흙 길바닥에 평행한 바퀴자국을 남겼다.

하늘이 잿빛으로 물들어 있어서 날이 쌀쌀하게 느껴졌다. 차고 축축한 젖은 안개가 들판과 길가에 떨어지고 있었다. 화장수 냄새와 먼지 냄새가 뒤섞인 마차 안은 숨이 막혔다. 병에 걸려 아픈 부인이 고개를 뒤로 젖힌 채 천천히 눈을 떴다. 그녀의 커다란 두 눈에서 아름다운 검은 빛이 반짝였다. 매우 아름다웠다.

"또…… 그래!"

귀부인은 이렇게 말하며, 간간이 그녀의 다리를 건드리는 하녀의 외투 끝자락을 가늘고 예쁜 손으로 신경질이 난다는 듯 밀어냈다. 그럴 때마다 그녀의 입은 고통으로 일그러졌다. 하녀인 마트료나는 두 손으로 얼른 외투를 걷어 올렸다. 그러고는 힘차게 엉덩이를 끌어올리며 살짝 일어나 귀부인에게서 좀 더 멀리 떨어져 앉았다. 마트료나의 건강한 얼굴에는 화사하고 밝은 주홍빛이 물들어 있었다. 병 때문에 고통을 받고 있는 귀부인의 흐릿한 눈동자가 부러운 듯 하녀의 몸동작을 바라보고 있었다.

귀부인은 두 손으로 좌석을 움켜쥐고 몸을 살짝 일으키려고 안간힘을 써 보았으나 힘이 모자라서 일어날 수가 없었다. 또다시 그녀의 입이 비틀어지면서 일그러졌다. 그녀의 얼굴에는 체념이 부른 심술과 분노가 가득했다.

"나를 좀 도와줘야 할 것 아니야……. 아, 됐어. 필요 없어. 내가 할 수 있어. 혼자 해 볼게. 다난 나를 위해서 제발 이 쿠션들만이라도 등 뒤에 받쳐 두지 않았으면 좋겠어. 제발! 아무것도 하지 않는 것이 나아!"

귀부인은 눈을 감았다가 다시 뜨면서 하녀를 쏘아보았다. 마트료나 역시 귀부인을 쳐다보았다. 그녀는 아랫입술이 빨갛게 되도록 꽉 깨물었다. 귀부인의 가슴 깊은 곳에서부터 한숨이 새어 나왔다. 이는 한숨으로 끝나지 않았다. 곧 귀부인은 발작적인 기침이 터져 나와 얼굴을 찡그리며 옆으로 몸을 돌렸다.

그녀는 가슴을 두 손으로 움켜쥔 채 콜록거리다가 격한 기침이 멈추자 다시 눈을 감았다. 그러고는 꼼짝하지 않고 앉아 있었다.

두 대의 마차가 마을로 들어섰다. 마트료나는 숄 아래에서 포동포동한 손을 꺼내 가슴에 성호를 그렸다. 귀부인이 물었다.

"뭐하는 거니?"

"휴게소입니다, 마님."

"그런데 어째서 성호를 그어?"

"교회가 있기에요, 마님."

환자인 귀부인은 창밖을 내다보았다. 때마침 바로 앞을 지나던 커다란 마을 교회를 응시하며, 느릿느릿 가슴에 성호를 긋기 시작했다. 거의 동시에 두 대의 마차가 휴게소 앞에 멈춰 섰다. 환자인 귀부인의 남편과 의사가 사륜마차에서 내려 곧바로 대형 사륜마차 쪽으로 다가갔다. 의사는 귀부인의 맥박을 짚어 보며 프랑스어로 물었다.

"기분이 어떻습니까?"

남편 역시 프랑스어로 물었다.

"피곤하지 않아요, 여보? 마차에서 잠깐 내려 밖에 나가고 싶지 않소?"

마트료나는 부부의 대화를 방해하지 않고자 짐 꾸러미를 한쪽으로 모은 다음, 한쪽 구석 쪽으로 몸을 당겨 앉았다.

귀부인이 대답했다.

"괜찮아요. 걱정하지 마요. 어찌하나 여전해요. 나는 나가고 싶지 않아요."

남편은 마차 옆에 잠시 서 있다가 휴게실 건물 안으로 들어갔다. 마트료나도 마차에서 뛰어내려서는 발뒤꿈치를 들고 진흙 길을 건너서 건물 울타리 안으로 들어갔다.

"내가 아프다고 다른 사람들까지 아침을 먹지 않을 이유는 없지요."

아픈 귀부인은 여전히 마차 옆을 떠나지 않고 창문가에 서 있는 의사에게 미소를 엷게 지어 보이며 말했다. 의사가 천천히 그녀가 있는 마차로부터 떨어져서 휴게소 계단 쪽으로 서둘러 뛰어가자 귀부인은 혼잣말로 중얼거렸다.

"저들은 아무도 나에게 아랑곳하지 않아. 내 건강이야 그들에게는 아무 상관도 없겠지. 모두 건강하니까 나야 어찌되든 상관없는 거야. 오, 하나님!"

귀부인의 남편은 휴게소 안으로 들어오는 의사를 맞이하며 말했다.

"여깁니다, 에두아르드 이바노비치. 내 여행 가방을 가져오라고 했습니다만. 벌써 한 병을 가져오라고요. 어떻습니까?"

"괜찮아요."

의사가 대답했다.

"그나저나 저 사람은 어떤가요?"

남편은 목소리를 낮추며 물었다. 눈썹이 치켜 올라갔다.

"여러 번 말씀드렸듯이 지금 상태로는 이탈리아는 고사하고 모스크바까지 가시는 것이 결코 쉽지 않습니다. 특히 이런 날씨에는요."

"아, 그렇다면 이를 어찌해야 하지? 오, 하나님!"

남편은 한 손으로 눈을 가렸다. 그러고는 여행 가방을 옮기는 하인이 보이자 소리쳤다.

"이쪽으로 가져와."

어깨를 으쓱해 보이며 의사가 대답했다.

"가는 도중에 어디선가에서 멈춰야 할 겁니다. 그냥 남아 있었어야 했어요."

남편이 말했다.

"하지만 어쩔 도리가 없지 않았습니까? 여행을 말리려고 별의별 말을 다 해 보았다고요. 우리 사정이 여의치 않다고도 했고, 애들을 집에 남겨 두기가 걱정이라고도 말해 보았고, 심지어 내 사업 핑계도 대 보았습니다. 하지만 그녀는 전혀 말을 듣지 않고 요지부동이었어요. 그저 외국 생활을 하겠다는 계획만을 세우고 있었던 겁니다. 마치 건강한 여느 사람처럼 말이에요. 그런 그녀에게 어떤 병에 걸렸는지 사실대로 말한다면 아마 그녀는 죽고 말 겁니다."

"부인께서는 지금도 죽은 사람이나 마찬가지입니다. 그리 알고 계신 편이 더 나을 거예요, 바실리 드미트리치. 인간은 폐 없이는 살 수 없습니다. 더군다나 폐를 다시 자라게 하는 방법도 없지요. 슬프고 힘든 일인 것은 잘 압니다. 하지만 어쩌겠습니까? 부인이 안락한 최후를 맞이할 수 있게 해 주는 것이 제 책임이자 당신의 책임이라는 것을요. 지금 필요한 사람은 참회 신부예요."

"오, 하나님! 당신도 희망은 없다고 저 사람에게 말해야 하는 내 참담한 마음을 이해하실 겁니다. 그냥 두는 수밖에 없겠지만 나는 저 사람에게 그런 말은 못 합니다. 그리고 그녀가 마지막 유언을 할 때 내 기분이 어떨지 짐작이라도 합니까?"

의사는 의미심장한 표정으로 고개를 저으며 말했다.

"적어도 부인께 길이 얼어붙는 겨울이 될 때까지 기다려 보자고 설득해 보시지요. 어쩌면 여행 중에 불행이 닥칠지도 모를 일입니다."

역장의 딸이 머리부터 외투를 뒤집어쓰며 소리쳤다.

"악슈샤, 악슈샤!"

그녀는 진흙이 잔뜩 묻어 지저분해진 계단을 발꿈치를 든 채 내려오며 크게 소리를 쳤다.

"따라와. 마님을 보러 가자. 폐병에 걸리셔서 외국에 가신대. 나는 아직 폐병에 걸린 사람을 한 번도 본 적이 없단 말이야."

악슈샤도 문지방에서 뛰어내려오자 두 소녀는 손을 잡고 문밖으로 뛰어나갔다. 둘은 마차 곁으로 살금살금 다가갔다. 그러고는 창문 안을 들여다보았다. 환자인 귀부인은 그녀들의 호기심을 알아차리고 눈살을 잔뜩 찌푸린 채 고개를 돌려 버렸다.

"아!"

역장 딸은 고개를 거세게 저으며 말했다.

"어머, 저런! 얼마나 아름다운 분이었는데 너무 많이 변하셨어! 끔찍해! 너도 봤지? 악슈샤?"

악슈샤도 맞장구쳤다.

"그래, 너무 야위었어! 다시 한 번 가 보자. 물 뜨러 우물에 가는 척하면서 슬쩍 다시 보는 거야. 너도 봤지? 그분이 우리를 외면하려 했지만 나는 똑똑히 보았어. 마샤, 너무 안됐지 않니?"

마샤가 대답했다.

"그래. 하지만 진흙 길이 짜증나!"

결국 둘은 집 안으로 들어갔다.

병색이 깊은 귀부인은 혼자 생각했다.

'그래, 나는 추하게 변한 게 틀림없어. 그러니까 서둘러야 해. 외국 나가면 금세 건강이 회복될 거야.'

남편이 입에 먹을 것을 가득 넣은 채 다가오며 물었다.

"여보, 기분은 좀 어때요?"

안주인은 못마땅한 생각이 들었다.

'항상 똑같은 질문을 하는군. 자기는 입에 가득 먹을 것을 오물거리면서 말이야!'

그녀는 이를 악물고 내뱉듯이 대답했다.

"괜찮아요. 별일 없어요."

"이봐, 여보. 나는 이런 날씨에 여행을 계속하다가 당신 몸 상태만 더 안 좋아질까 봐 걱정이 돼. 당신을 진료하는 에두아르드 이바노비치도 같은 생각이야. 우리 돌아가지 않겠어?"

그녀는 노여운 듯 침묵한 채 아무 대답도 하지 않았다.

"집에 가 있는 동안 앞으로 날씨가 좋아지면 길도 좋아질 거야. 그리만 된다면 당신도 훨씬 더 나아질 거야. 그때 되면 우리 모두 함께 떠날 수 있을 거라고."

"그만둬요. 미안하군요. 만약에 내가 당신 말을 듣지 않고 진작 출발했다면, 지금쯤 베를린에 있었을 거예요. 건강도 완전히 회복됐겠죠."

"여보, 어쩔 수 없었잖소. 응? 당신도 알다시피 그전에 출발한다는 것은 불가능했었잖아. 하지만 앞으로 한 달만 기다리면 당신도 훨씬 괜찮아질 거라고. 내 사업도 마무리 지을 수 있고 말이야. 그러면 아이들도 데리고 떠날 수 있을 텐데……."

"아이들은 건강하지만 나는 그렇지 않다고요.'

"하지만 여보, 다시 한 번만 현실을 생각해 보라고. 이런 날씨에 만에 하나라도 당신 건강이 길에서 악화된다면……. 한 달만 연기하면 우리는 집에 있을 수 있지 않소."

귀부인이 짜증을 내며 대답했다.

"집에 있어 봤자 무슨 소용이 있어요? 집에서 죽으라는 말이에요?"

발끈 성을 내며 귀부인이 쏘아붙였다. 순간 '죽음'이라는 단

어를 언급하면서 그녀는 스스로 흠칫 놀라는 듯했다. 그녀는 남편에게 간절하게 애원하는 듯한 표정과 눈빛을 지어 보였다. 남편은 눈을 아래로 떨구고 아무 말도 하지 못했다. 갑자기 귀부인의 입이 어린아이처럼 일그러졌다. 그리고 그녀는 눈물을 쏟고 말았다. 남편은 손수건으로 얼굴을 가린 채 말없이 마차에서 멀어졌다. 귀부인이 소리쳤다.

"나는 꼭 가겠어요."

환자인 귀부인은 눈을 들어 하늘을 올려다보았다. 그리고 두 손을 포개고서 낮은 목소리로 쉬지 않고 기도를 하기 시작했다.

"오, 하나님! 어찌 이러십니까? 도대체 왜 저에게……."

귀부인은 하염없이 눈물을 흘렸다. 이렇게 그녀는 오랫동안 열정적으로 기도했다. 하지만 가슴을 쥐어짜는 고통은 멈추지 않는 듯했다.

그녀의 마음을 아는 듯 하늘과 들판, 길마저도 잿빛으로 흐려져 우울해 보였다. 가을 안개는 더 짙어지지도 더 옅어지지도 않게 널리 퍼져 있었다. 질척대는 대로와 지붕, 마차와 마부의 양가죽 외투 위에 변함없이 떨어져 내릴 뿐이었다. 그러나 이 와중에도 마부들만은 무심하게 크고 명랑한 목소리로 떠들어대며 마차를 손질하느라 바퀴에 기름칠을 하고 있었다.

2

 마차는 떠날 준비를 끝냈지만, 마부는 어디서 꾸물거리고 있는지 모습을 보이지 않았다. 마부는 마부들이 모여 있는 오두막집에서 나오지 않았다. 오두막집 안은 따뜻하다 못해 후덥지근했고 어두웠다. 사람들 냄새, 빵 굽는 냄새, 양배추 냄새, 양가죽 옷 냄새 뒤섞여 나서 숨이 막힐 것 같았다.
 서너 명의 마부가 오두막집 안에 있었다. 요리사는 화덕 옆에서 분주히 일하고 있었다. 화덕 위에 양가죽을 온몸에 뒤집어쓴 환자 하나가 누워 있었다. 가죽 채찍을 허리에 매단 젊은 마부 세료가가 오두막집 안으로 들어오면서 환자 쪽으로 몸을 돌리고는 소리쳤다.
 "크베도르 아저씨! 이보세요, 크베도르 아저씨!"
 마부 한 명이 물었다.
 "왜 그러는 거니, 수다쟁이야? 무엇 때문에 페드카를 찾는 거야? 네가 끄는 마차에서는 벌써부터 너를 기다리는 것 같던데……."
 세료가는 곱슬곱슬한 머리칼을 흔들었다가 쓸어 올리고, 벙어리장갑을 허리띠에 쑤셔 끼며 대답했다.
 "아저씨 장화를 좀 빌리고 싶어서 그래요. 내 것은 너무 낡아서 닳아 빠졌거든요. 아저씨, 잠들었나요? 아저씨, 크베도르 아저씨!"

그는 화덕 쪽으로 다가가면서 다시 그를 불렀다.

"무슨 일이야?"

힘없는 목소리가 들렸고, 창백하고 야윈 붉은빛의 얼굴이 화덕 위로 보였다. 말라빠진 넓적한 손 하나가 외투를 끌어당기면서 말했다. 외투 아래로 더러운 셔츠가 뼈만 남은 어깨를 덮고 있는 것이 보였다. 핏기가 전혀 보이지 않는 얼굴에는 털이 덥수룩하게 자라 있었다.

"마실 것 좀 가져다주겠니. 그래, 무슨 일이냐?"

세료가는 물이 담긴 조그만 바가지를 건네주었다. 그러고는 머뭇거리며 말했다.

"다름이 아니고요. 크베도르 아저씨, 제 생각에 아저씨는 지금 새 장화가 필요하지 않을 것 같아서요. 그러니 제게 잠시 좀 빌려 주시겠어요?"

지친 표정이 역력해 보이는 환자는 옻칠한 바가지에 고개를 떨어뜨린 채 길고 헝클어진 수염을 물에 닿아 가며 안간힘을 써서 조금씩 물을 마셨다. 덥수룩하게 엉킨 턱수염은 매우 깔끔하지 못했고, 생기라고는 찾아볼 수 없는 움푹 꺼지고 흐릿한 눈동자가 힘겹게 젊은 마부 세료가의 얼굴을 올려다보았다.

그는 물을 마시고 나서 손을 들어 젖은 입술을 닦아 내는 것으로 만족하며 아무 말없이 어렵게 코로 숨을 내뿜었다. 그리고 세료가의 눈을 똑바로 쳐다보며 남은 힘을 끌어 모으려고 애썼다. 젊은 마부 세료가가 말했다.

"혹시 다른 누군가에게 주기로 약속이라도 하셨나요? 그렇다면 할 수 없고요. 그런데 불행히도 바깥은 비가 와서 길이 온통 젖어 있어요. 그래도 저는 일을 나가야만 해요. 그래서 혼자 '크베도르 아저씨에게 장화를 부탁해야겠구나. 아저씨한테는 지금 장화가 필요 없잖아' 하고 생각했어요. 하지만 아저씨에게 장화가 필요하다면…… 괜찮아요. 어쨌든 제 뜻은……."

갑자기 환자 크베도르의 가슴에서 부글부글 끓는 소리가 나기 시작했다. 그는 몸을 구부리고서 목에서 끓어오르는 기침을 갈갈거리며 요란하게 해 댔다.

그때 전혀 예상하지 못하게도 일하던 요리사가 뛰쳐나오며 방 안이 쩌렁쩌렁 울릴 정도로 화를 내며 소리쳤다.

"필요하긴 뭐가 필요하겠어요! 그래, 나도 저 사람에게 과연 어디에 장화가 필요한지 알고 싶네요. 벌써 두 달째 저 사람은 화덕 위에서 꼼짝도 못하고 있다고요. 기어 내려오지도 못하는 상태예요. 저 사람 지금 완전히 망가졌어요! 보다시피 이제 잘 들리지도 않을 만큼 앓고 있고, 저 사람 가슴속이 얼마나 심하게 상했는지 몰라요. 그런데 장화가 어디에 쓰인다고 필요하겠어요? 저 사람 발에 새 장화를 신겨서 같이 땅에 묻을 것도 아니잖아요!

오, 하나님, 이렇게 말하는 저의 죄를 용서하소서. 하나님도 아주 오래전에 용서하셨을 거예요. 저 사람은 지금 제대로 숨쉬지도 못하고 있어요. 여기에서도 다른 방으로 옮기거나 아예 다른 곳으로 이동시켜야만 해요. 도시에 병원이 있다는데, 그런 곳으로 말이에요. 당신들, 대체 어쩔 생각이에요? 저 사람이 이 방을 온통 차지하고 있다고요. 이건 정말 정도가 지나쳐요. 옮길 마땅한 다른 방도는 없어요. 당신들도 여기가 깨끗해지기를 바라잖아요."

그때였다. 휴게소 관리소장이 오두막집 안으로 들어오며 소리를 쳤다.

"이봐, 세료가. 어서 나가 보지 그래! 손님들이 기다리고 있지 않나."

세료가는 환자의 대답을 기다릴 새가 없어서 뛰쳐나가려고 했다. 기침을 하고 있던 환자는 그 와중에도 그에게 눈빛으로 대답했다.

"어이, 세료가, 장화를 가져가도록 하게."

마침내 그가 간신히 기침을 참고 가는 숨을 내쉬면서 말했다.

"그 대신 말이야, 내가 죽거든 묘석이라도 세워 줄 수 있겠나?"

"고맙습니다. 아저씨. 장화는 잘 신도록 할게요. 예, 묘석은 절대 잊지 않고 꼭 세울게요."

"어이, 여보게들, 자네들, 자네들이 증인인세."

환자는 다시 힘들여 말하다가 다시 몸을 구부리고 기침을 해 댔다.

마부들 중에 한 사람이 말했다.

"어서 가 보게, 세료가. 그래, 우리 모두 들었어. 자, 세료가. 서둘러, 너도 알겠지만 쉬르킨스키 부인께서 편찮으시잖나. 거기 주인이 또 달려오기 전에."

세료가는 보기 흉할 정도로 낡아 빠진 장화를 잽싸게 벗어서 나무 의자 아래에 던져 버렸다. 놀랍게도 크볘도르 아저씨의 장화는 그의 발에 딱 맞았다. 젊은 마부 세료가는 마차로 뛰어가면서도 새 장화에 눈을 뗄 수 없어서 이리저리 살펴보았다.

마부석에 오른 세료가가 고삐를 고르기 시작하자, 다른 마부가 손에 기름통을 들고 선 채 소리쳤다.

"어허, 정말 멋진 장화인걸! 여기 기름이 좀 있다네. 닦아 줄까? 거저 얻었나?"

세료가는 엉덩이를 슬며시 들고, 일어서서는 발에 외투 끝자락을 감으며 말했다. 그러고는 장화를 신은 두 발을 번쩍 들며 소리쳤다.

"왜, 샘나나? 부럽지!"

세료가는 휙 소리 날 정도로 채찍을 획 휘두르며 말들을 향해서도 소리쳤다.

"너희들도 물론 샘나겠지! 이랴, 이랴!"

마침내 사륜마차 두 대는 짙은 가을 안개 속으로 손님과 여행 가방, 짐 꾸러미를 싣고 젖은 길을 뚫고 사라졌다.

 한편 숨이 막힐 것 같은 화덕 위에서 병에 걸린 마부는 꼼짝하지 않고 누워 있었다. 환자인 마부는 가래를 뱉을 힘조차 부족했다. 온 힘을 다해 반대편으로 돌아눕자 기침이 멈추었다. 많은 사람이 저녁때까지 들락거리며 음식을 먹었으나, 환자에게 눈길을 주는 이는 아무도 없었다. 밤이 되었다. 요리사는 화덕 위로 기어 올라가서 양가죽 외투를 환자의 다리 아래로 내려 주었다. 환자가 아주 힘겹게 말했다.

 "화내지 마, 나스타샤. 나는 곧 이 방을 떠날 거야."

 나스타샤가 대답했다.

 "알았어요, 알았어. 괜찮아요. 그런 건 상관없어요. 아저씨, 하지만 대체 무슨 병인지 내게 말해 보세요."

 "사방 여기저기가 다 약해져서 말이야. 가슴이 모두 갉아 먹히는 것 같아. 이게 무슨 병인지는 낸들 알 수가 있나, 하나님만 아시겠지!"

 "아저씨가 기침할 때 보면, 목이 엄청 아플 것 같다는 생각이 들어요. 그토록 기침을 해 대시니……."

 환자가 신음 섞인 앓는 소리로 대답했다.

 "아파, 아파, 아프지 않은 데가 없이 다 아파, 내 몸 어디 한군데 성한 데 없이 전체가 다 망가졌어. 죽음이 코앞에 온 거야.

그런가 봐. 아! 아!"

나스타샤는 화덕에서 내려오다가 환자 쪽으로 외투를 끌어당겨 그의 몸을 가지런히 덮어 주며 말했다.

"아저씨, 발은 이렇게 덮어서 따뜻하게 해 주면 좋을 거예요."

밤새 오두막집은 초롱불 하나만 켜져 있어서 어두컴컴했다.

나스타샤와 대여섯 명의 마부들은 드르렁드르렁 크게 코를 골며 바닥과 나무 의자에 흩어져 잠들어 있었다. 오직 환자 한 사람만이 화덕 위에서 가냘픈 기침 소리를 내면서 가끔 가래를 뱉으며 끙끙거리고 있을 뿐이었다. 새벽녘에는 그 소리도 들리지 않았다.

다음 날 아침이 밝자 요리사는 기지개를 크게 켜며 말했다.

"어젯밤에 참 이상하고도 멋진 꿈을 꿨지 뭐예요. 크베도르 아저씨가 화덕에서 내려오셔서는 땔감을 하러 가시는 거예요. 아저씨는 '이리와 봐. 나스타샤, 너를 좀 도와주고 싶구나'라고 말했어요. 그래서 내가 '힘도 없으면서 무슨 나무를 패겠다는 거예요?'라고 물었어요. 그런데 아저씨는 도끼를 잡고 매우 빠른 동작으로 나무를 쪼개는 거예요! 내가 '아니, 아저씨 아프잖아요?'라고 물었더니, '아니야, 이제 다 나았어. 건강해!'라고 말하면서 손을 내젓는 거예요. 나는 깜짝 놀라서 소리를 지르며 잠에서 깨어났어요. 설마 아저씨가 죽은 것은 아니겠죠? 크베도르 아저씨! 이봐요, 아저씨!"

그러나 표도르는 움직이지 않았다. 잠에서 막 깨어난 마부 하나가 말했다.

"설마 죽진 않았을 거야, 그치?"

그때였다. 불그스레한 털로 덮인 메마른 손이 화덕에서 떨어져 축 늘어졌다. 야윈 손은 이미 차갑고 핏기라곤 없이 창백했다. 마부가 소리쳤다.

"어서 역장에게 알려야겠어. 죽은 것 같아."

표도르는 다른 지방 사람이어서 친척이 없었다. 다음 날, 마부들은 그를 수풀 뒤에 새 매장 터를 만들고 그를 묻어 주었다. 나스타샤는 며칠 동안이나 꿈에서 보았던 환상과 표도르 아저씨의 죽음을 연관하며 어떻게 그가 처음에 발견했는지 며칠 동안 주위 사람들에게 떠들어 댔다.

3

봄이 왔다.

도시의 젖은 길을 따라 여러 곳의 개울도 얼음덩이 사이를 졸졸 흐르며 파문을 일으키며 흘러내리기 시작했다. 황급히 오가는 행인들의 옷 색깔과 목소리도 한층 밝아졌다. 벽으로 둘러싸인 정원에 새싹이 움을 틔우기 시작했다. 산뜻한 산들바람은 나뭇가지를 흔들며 정겨운 소리를 만들어 냈다. 온 세상에서 맑은 물방울이 맺혔다가 떨어져 내리고 있었다.

참새들은 쉬지 않고 지저귀며 작은 날갯짓을 해 댔다. 양지바른 곳, 담, 집, 나무 어디나 활력과 광채가 가득 찼다. 하늘과 땅, 사람들의 가슴에도 젊음과 기쁨이 넘쳐 빛났다.

제일 큰 길가에 있는 거대한 귀족 저택 앞에도 깨끗한 새 밀짚이 쌓여 있었다. 바로 그 저택에 해외로 여행을 가려고 했던 병든 귀부인이 누워 있었다. 그녀의 병세는 더욱 깊어진 듯했다. 닫힌 여자의 방문 옆에는 아픈 부인의 남편과 나이는 들었지만 건강해 보이는 한 부인이 서 있었다. 긴 소파 위에 신부가 고개를 숙인 채, 보자기에 싸인 무엇인가를 감싸 안고 앉아 있었다. 한쪽 구석에 있는 안락의자에 기댄 환자의 어머니인 한 노부인이 격하게 울고 있었다. 하녀 한 명은 환자인 귀부인 옆에 손수건을 들고 서 있었는데, 이는 노부인이 언제든지 쓸 수 있게 준비해 둔 것이었다. 다른 하녀 한 명은 무엇인가로 노부인의 관자놀이를 비벼 주고, 몸을 문지르며 모자 아래로 흘러내린 그녀의 백발을 쓸어 올려 주고 있었다.

남편이 자신과 함께 문 옆에 서 있는 중년 부인에게 말했다.

"저 사람은 더없이 누이를 무척이나 믿었습니다. 예수님께서 누이와 함께하실 거예요. 누이는 그녀와 말이 잘 통하니 잘 설득해 주세요. 누님, 제발 부탁해요!"

그는 누이를 배려해 문을 열어 주려고 했다. 하지만 누이는 그를 말렸다. 그러고는 고개를 저으며 몇 번이고 손수건으로 눈가를 훔쳤다. 이윽고 그녀는 직접 문을 열고 들어가며 말했다.

"자, 이 정도면 내가 운 것 같아 보이진 않지요? 울었는지 모르겠지?"

남편은 매우 흥분한 상태였다. 제정신이 아닌 듯 보였다. 그는 노부인에게 다가가려고 했다가 몇 걸음 떼지 않고 되돌아섰다. 그는 불안한 표정으로 방 안을 서성대다가 곧 신부에게 다가갔다.

신부가 그를 쳐다본 다음 눈썹을 치켜세웠다가 깊은 한숨을 내쉬었다. 뻣뻣해 보이는 신부의 잿빛 수염마저 움찔거렸다.

"장모님도 여기에 계십니다!"

남편이 절망이 찬 목소리로 흐느끼며 말했다.

"어머니는 견뎌 내지 못하실 것입니다. 하나님, 하나님, 어찌해야 합니까?"

신부가 한숨을 내쉬며 말했다.

"당신이 무엇을 할 수 있겠소?"

다시 한 번 그의 수염과 눈썹이 움찔거렸다. 남편은 소리쳤다.

"아시겠지만 장모님은 제 아내를 정말로 사랑하셨습니다. 그 누구보다 사랑하셨단 말입니다. 그런데 집사람이…… 모르겠습니다. 장모님을 좀 달래 주세요. 부디 장모님을 설득해서 집으로 돌아가시게 해 주십시오."

신부는 일어나 노부인에게로 갔다.

"어머니의 마음을 누가 짐작할 수 있겠습니까? 하지만 하나님은 인정이 많으신 분입니다."

노부인의 낯빛이 어두워지면서 얼굴에 심한 경련이 일으났다. 그녀는 온몸을 부들부들 떨어 가며 격하게 흐느꼈다.

"신은 자비로우십니다. 인정 많으신 하나님입니다. 한 가지 말씀드릴까요?"

신부는 그녀의 마음이 가라앉았다고 생각하고는 이어서 말했다.

"제 교구에 마리야 드미트리예브나보다 더 심각한 상태의 환자 한 분이 계셨는데요. 그런데 어떻게 됐는지 아세요? 한 보잘것없는 사람이 무엇인가 모를 약초를 먹여서 말끔하게 낫게 해 주었지 뭡니까. 덕분에 그는 아주 짧은 시간 만에 회복되었습니다. 그 보잘것없는 사람은 지금 모스크바에 있습니다. 나는 바실리 드미트리예비치에게도 그 사람 이야기를 해 주었어요. 한번 시도해 보는 것이 어떠냐고요. 어쨌든 환자에게 최소한의 위안은 될 거예요. 하나님은 늘 전능하시니까요."

노부인이 말했다.

"아니에요. 내 딸은 살 수 있을 것 같지가 않아요. 어째서 하나님은 제가 아니라 그 아이를 데려가시려는 걸까요?"

또다시 격한 흐느낌이 이어졌다. 노부인은 흐느끼다가 결국 기절하고 말았다. 환자 귀부인의 남편은 두 손으로 얼굴을 감싼 채 방을 뛰쳐나갔다. 복도에 나가자마자 처음으로 그와 맞닥뜨린 첫 번째 사람은 여섯 살 난 사내아이였다. 아이는 젖 먹던 힘을 다해서 여동생을 쫓고 있었다. 유모가 물었다.

"어째서 아이들을 엄마가 못 만나게 하시는 것인가요?"

"아내는 아이들을 만나고 싶어 하지 않아. 만나면 마음이 더 어지러워질 거야."

한참 찬찬히 아버지의 얼굴을 뚫어지게 쳐다보던 사내아이는 명랑하게 소리쳤다.

"아빠, 애는 정말 망아지 같아요. 지금 말놀이해요."

사내아이는 이제 아버지의 다리에 매달려서는 까불었다. 그러고 환호성을 내지르며 달려가다가 여동생을 가리키며 소리쳤다. 옆방에서는 남자의 사촌누이가 환자 곁에 의자를 끌어다 놓고 앉아서 조근조근 이야기를 나누고 있었다. 그녀는 환자인 귀부인이 죽음에 대해 마음의 준비를 하게끔 애를 쓰고 있었다. 의사는 또 다른 창문가에서 물약을 섞고 있었다. 귀부인은 자신의 앞뒤 쿠션에 몸을 의지한 채 사촌을 물끄러미 바라보며 이야기를 듣다가 갑자기 그녀의 말을 가로막았다. 귀부인이 소리쳤다.

"아, 제발, 언니! 그만둬요! 나에게 죽음을 가르치려고 하지 말아 줘요. 제발 나를 애 취급하지 말라고요! 나도 그리스도 신자예요. 하나님을 믿어요. 나도 죽음이 뭔지는 다 안다고요. 내가 오래 살지 못한다는 것 정도는 알아요. 하지만 남편이 조금이라도 나를 존중해서 내 말을 듣고 함께 이탈리아에 갔다면 지금쯤 몸이 회복되었을지 모를 일이에요.

자, 이제 나는 어떻게 됐나요? 그래요, 신의 뜻은 보신 그대로예요. 우리 모두는 죄를 짓고 있어요. 나는 그것을 알고, 신이 자비를 베풀어 주시기를 기대하고 있어요. 하나님의 자비로 모든 것이 용서되기를 바라요. 꼭 용서받고 싶어요. 내 자신도 마음의 소리를 들어 보려고 노력했어요. 나는 많은 죄를 지었다는 것을 알았어요. 하지만 죗값으로 극심한 고통을 받고 있지요! 이 고통을 참고 견디려고 노력했었어요."

사촌이 말했다.

"그럼 신부님을 들어오시라고 할까? 고백 성사를 하고 나면 훨씬 마음이 편해지지 않겠어?"

환자는 고개를 떨어뜨리는 것으로 대답을 대신했다. 그리고 작은 소리로 기도했다.

"오, 하나님. 죄 많은 저, 죄 많은 죄인을 용서하소서."

사촌이 밖으로 나와 신부에게 손짓했다. 그녀는 눈물을 글썽거리며 환자의 남편을 향해 말했다.

"그녀는 천사야."

남편도 울기 시작했다. 신부가 방문을 열고 들어갔다. 노부인은 여전히 의식을 찾지 못한 채였다. 방 안 가득 정적만 흘렀다. 잠시 후 신부가 나왔다. 그는 스톨을 벗고 머리칼을 단정하게 매만졌다.

신부가 말했다.

"하나님의 사랑을 받아 부인께서는 이제 많이 안정을 찾으셨습니다. 두 분을 만나고 싶어 합니다."

사촌과 남편은 방으로 들어갔다. 환자는 조용히 흐느끼며 성화를 바라보고 있었다. 남편이 말했다.

"괜찮아 보이네, 여보."

"고마워요. 지금은 기분이 좋아졌어요. 날아갈 듯 알 수 없는 즐거운 마음이에요."

환자의 얇은 입술에 희미한 미소가 번졌다. 환자는 계속 말을 이었다.

"하나님은 참으로 자비롭고 좋은 분이지요? 그분은 사랑이시고 전능하신 분이에요."

그렇게 말하고 나서 그녀는 눈물이 가득 고인 눈으로 다시 한 번 성화로 고개를 돌렸다. 그녀의 간절한 기도가 시작되었다. 얼마쯤 지나자 갑자기 그녀는 무슨 생각인가 떠오르기라도 한 듯 남편을 곁에 오라고 손짓했다. 그녀는 가냘프지만 약간 불만이 섞인 목소리로 말했다.

"한 번도 당신은 내가 바라는 것들을 기쁜 마음으로 해 주지 않았어요."

"그래, 무엇을 원하오?"

목을 쭉 뺀 채 남편은 고분고분 아내의 말을 들었다.

"내가 의사들은 죄다 아무것도 모른다고 당신에게 얼마나 많이 이야기했는지 몰라요. 아주 흔한 약초가 있다지요. 그것이 있으면 낫는다잖아요. 아까 신부가 말씀하셨잖아요. 모스크바 사람인가……. 그는 치료할 수 있을 거예요. …… 장사꾼…… 사람을 보내 그 사람을 찾아 데리고 와 주세요."

"누구를 데리고 오라고?"

"당신은 정말 아무것도 하려고 하지 않는군요. 내 말을 이해하지 못하네요."

귀부인은 얼굴을 찌푸린 채 눈을 감았다. 의사가 그녀에게 다가와 손을 잡았다. 맥박이 점점 약해지고 있는 것을 느끼는 듯했다. 의사가 남편에게 손짓으로 신호를 보냈다. 환자도 의사의 소소한 동작을 알아보고 깜짝 놀라며 주변을 두리번거렸다. 사촌은 얼굴을 돌린 채 눈물을 감추었다. 환자가 말했다.

"울지 마세요, 언니. 나 때문에 괴로워하지 마세요. 그러시면 내 마지막 마음의 안정마저 빼앗으시는 거예요."

사촌은 그녀의 손에 입맞춤을 하며 소리쳤다.

"오, 정말 천사네요!"

"아니에요. 여기에 입맞춤을 해 주세요. 죽은 사람 손에나 입맞춤을 하는 거예요. 오, 하나님!"

그날 저녁에 환자는 세상을 떠났고 싸늘한 시체가 되었다. 시체는 관에 넣어져서 저택 응접실에 안치되었다. 문이 닫힌 큰 방 안에는 보좌신부 혼자 앉아 있었다. 보좌신부는 부드러운 콧소리를 섞어서 다윗의 시편을 읽어 내려갔다.

나뭇가지처럼 생긴 은촛대에 꽂혀 있는 양초의 밝은 불빛이 사자의 흰 눈썹과 밀랍처럼 새하얀 두 손, 빳빳이 접힌 수의를 비춰 주었다. 수의로 인해 무릎과 발이 소름 끼치도록 무섭고 끔찍하게 도드라져 보였다. 신부는 쉬지 않고 한결같은 어조로 성경을 읽어 주었다. 정적이 감돈 죽음의 방에서 신부의 목소리만 울렸다가 사라지고 또다시 이어졌다. 시시때때로 저 멀리서 아이들이 까불며 장난을 치는 소리가 들렸다.

"너는 네 얼굴을 가리라. 그러면 그들이 알지 못하리라. 네가 그들의 숨을 빼앗으라. 그러면 그들이 죽고 먼지로 돌아가리라. 너는 성령을 찾으러 보내라. 그러면 다시 소생하고 땅의 모습은 새로워지리라. 주 하나님의 영광이 영원하리라."

죽은 귀부인의 표정은 위엄 있으면서도 편안해 보였다. 그러나 순수하고 깨끗한 모습이었다. 매우 차가워 보이는 눈썹과 굳게 다문 입술은 아무 움직임도 없었다. 죽은 그녀의 몸은 똑바로 눕혀져 있었다. 그녀는 이 위대한 성경 말씀을 깨달았을까?

4

한 달이 흘렀다. 죽은 부인의 무덤 위에는 조그마한 묘석이 세워졌으나 외롭게 죽은 마부의 무덤 위에는 아직 묘석이 보이지 않았다. 그저 새파랗게 올라온 잡초만이 한 남자가 과거에 존재했다는 유일한 표시로 남겨진 무덤 위에 우거져 있을 뿐이었다.

어느 날이었다.

"세료가, 크베도르 아저씨를 위해 묘석을 마련해 주지 않은 것은 죄를 짓는 것이나 다름없어. 부끄러운 일이야."

휴게소의 요리사가 말했다.

"너는 지금까지 계속 '겨울에 하겠어'라고 말했지만, 아직까지 그 약속을 지키지 않는 이유가 뭐지? 내가 있을 때 약속했잖아. 나도 다 들었어. 어쩌면 아저씨가 너에게 이유를 묻기 위해 벌써 저승에서 돌아왔을지도 모르지. 네가 묘석을 세워 주지 않는다면 아저씨는 다시 돌아와서 네 숨을 멎게 할 거야."

세료가가 말했다.

"알았어. 꼭 할 거야. 내가 하지 않겠다고 말하지는 않았잖아! 조만간 약속을 지키기 위해 묘석을 마련할 생각이란 말이야. 1루블 반만 있으면 묘석을 세울 수 있어. 절대 잊지 않았어. 시내에 갈 기회가 생기면 그때 가서 꼭 사 올 거야."

이때 늙은 마부가 끼어들어 거들었다.

"십자가라도 세워 줘야 했어. 네가 꼭 했어야 할 일이었다. 너는 지금도 그의 장화를 신고 있으면서 정말 옳지 않은 일을 저지르고 있어."

"맞아요. 하지만 어디서 십자가를 구한단 말이에요? 설마 아저씨는 십자가를 썩은 나뭇가지로 만들라는 말씀은 아니겠지요?"

"무슨 말을 그렇게 하는 거냐? 나무토막으로 만들지 못한다면 아침 일찍 숲 속에 가서 도끼질을 해. 좋은 나무를 베어 오라고. 작은 성의라도 보여야지. 평소보다 조금만 일찍 일어나면 되는 것을. 적당한 나무 한 그루만 베어 오면 되지. 큰 나무도 필요 없지 않니. 작은 것으로도 충분히 십자가를 만들 수 있을 게야. 나무를 베기 위해 경비원에게 보드카를 뇌물로 줄 필요도 없다. 그 사소한 일 하나 가지고 보드카를 주려는 사람은 아무도 없을 테니까. 전에 나는 멜대가 부러졌어. 그래서 숲에 가서 생나무 한 그루를 베었지. 그런데 아무도 참견하지 않았어."

다음 날 아침 일찍, 야릇한 기분을 자아내는 안개가 온 세상을 덮고 있었다. 다만 하늘의 어슴푸레한 빛은 여전히 엷은 구름에 가려져 있었다. 세료가는 도끼를 들고 숲으로 갔다.

잡초 잎 하나 흔들리지 않았다. 하늘 위로 우뚝 뻗은 나무 꼭대기의 잎마저 꿈쩍하지 않았다. 덤불 속에서는 때때로 새들이 날갯짓을 하는 소리가 들려왔다. 옷자락을 스치는 소리만 정적이 가득한 숲 속에 울려 퍼졌다. 그때였다. 갑자기 이상한 소리가 숲 속 끝에서 들리다가 이내 사라졌다. 이곳 분위기에 전혀 어울리지 않는 소리였다.

그러다가 다시 그 소리가 들렸는데 이번에는 꿈쩍도 하지 않는 늙은 나무 아래에서였다. 그 이상한 소리는 단조롭게 계속 들려왔다. 나무 꼭대기가 이상한 모양으로 흔들리기 시작했다. 잎사귀들은 무어라고 속삭이는 듯했다. 작은 새가 나뭇가지 위에 앉아 있다가 두 번이나 날카로운 소리를 내면서 날아갔다. 그러고는 곧 꼬리를 흔들어 대며 다른 나무를 찾아가 내려앉았다.

점점 더 자주 도끼 소리가 울렸다. 이슬이 맺힌 풀 위로 수액이 묻은 하얀 부스러기가 흩어졌다. 도끼질을 할 때마다 조금씩 갈라지는 소리가 들렸다. 나무가 흔들리며 옆으로 기울어졌다가 곧 똑바로 세워지면서 뿌리부터 흔들렸다.

잠시 흐르는 정적을 뚫고 다시 나무가 기울었다. 도끼질은 나무줄기에 가해졌고 또다시 소리가 들렸다. 나무는 마침내 덤불을 쓰러뜨리고는 축축한 땅 위로 널브러졌다. 도끼 소리와 함께 발 구르는 소리도 멈추었다. 작은 새가 날카로운 울음소리를 내며 하늘 높이 날아올라 갔다. 새의 날개에 걸려 있던 나뭇가지가 아주 잠시 흔들렸지만 곧 다른 가지와 마찬가지로 움직이지 않았다.

나무는 그 어느 때보다 즐거운 마음으로 안개 속에 마련된 새로운 곳을 향해 가지를 뻗었다. 마침내 햇살이 구름을 뚫고 하늘에서 몸을 내밀고는 세상을 비추기 시작했다. 모든 것이 환해졌다. 안개는 큰 파도처럼 골짜기를 따라 물결을 옮기기 시작했다. 햇살에 반짝이던 이슬도 푸른 잎사귀 위를 굴렀다. 속이 비칠 만큼 새하얀 구름도 하늘 길을 따라서 흘러갔다.

새들이 숲 속 덤불 사이를 날아다니며 더없이 행복하게 지저귀는 소리를 냈다. 수액을 잔뜩 머금은 모든 잎은 기쁘게 나무 꼭대기에서 살랑거렸다. 살아 있는 나뭇가지도 죽어서 쓰러진 나무 위에서 천천히 조용하게 꿈틀거리기 시작했다.

악마는 유혹하지만 신은 참고 견딘다

옛날에 착하고 친절한 사람이 살고 있었다. 그는 넘칠 만큼 많은 물건을 가지고 있고, 하인을 부리며 일을 시키는 선한 주인이었다. 그에게는 헤아릴 수 없는 재산과 하인이 있었다. 그의 시중을 들으며 몸 바쳐 일하는 하인들은 그런 주인을 모시는 것을 자부심으로 여기며 자랑스럽게 말하곤 했다.

"이 태양 아래 우리 주인님보다 더 나은 양반은 없습니다. 그분은 우리를 먹이고 입혀 주십니다. 우리 힘이 닿는 만큼만 일을 시켜요. 그 누구에게도 악행을 저지르거나 거칠게 말하지 않습니다. 주인님은 그 누구에게나 상냥하게 대해 주시지요. 하인을 마치 가축처럼 취급하면서 이유도 묻지 않고 무조건 벌주고 말 한마디 다정하게 건네지 않는 다른 주인들과는 정말 달라요. 주인님은 언제나 우리가 잘 지내기를 바라고 친절을 베푸십니다. 착한 행동만 하시는 주인님이 계시니 우리는 더는 바랄 것이 없어요."

이런 식으로 하인들은 그 주인을 칭찬하고 다녔다. 하인이 주인과 이처럼 서로 사랑하고 조화롭게 지내는 모습을 본 악마는 기분이 썩 좋지 않았다. 그래서 하인 알레프에게 악마를 씌워서 다른 하인들을 유혹하게 했다.

어느 날이었다. 모두 한자리에 하인들이 모여 쉬면서 선한 주인의 친절함에 대해 이야기를 하고 있었다. 그때 알레프가 벌떡 일어나더니 소리를 높이며 말했다.

"주인이 친절하다고 그렇게 떠들어 대는 것은 쓸데없이 그를 치켜세우는 어리석은 짓이야. 악마 역시 자기 마음에 들게 너희들이 해 주면 친절하게 대해 줄 거야. 우리는 무슨 일이든 주인이 시키면 하고 그의 마음에 들게 제대로 잘 섬기고 있다고! 모든 면에서 주인의 비위를 맞춰 주고 있잖아. 주인이 무언가를 생각하기가 무섭게 곧바로 해내고, 주인이 바라는 것을 미리 하는 게 바로 우리들인데 어떻게 착하지 않게 굴 수 있겠어? 만약에 주인 마음에 들지 않게 일해 봐. 내 말이 사실일지 아닐지 실험해 봐도 좋겠어. 주인의 비위를 맞추는 대신 좀 손해를 입혀 보는 거야. 그러면 그도 다른 주인들과 마찬가지로 매우 심술궂고, 모질게 악행을 저지를 거야. 악에 대해서는 악으로 갚을 것이란 말이지."

다른 하인들은 알레프의 말을 부인하기 시작했다. 그러다가 마침내 알레프와 내기를 하기로 했다. 알레프가 주인을 화나게 만들기로 했는데, 만약 알레프가 진다면 그는 나들이옷을 내놓기로 했다. 대신에 알레프가 이기면 다른 하인들 모두가 나들이옷을 그에게 주기로 했다. 또한, 만약에 주인이 알레프를 학대하거나 감옥에 넣을 경우 다른 하인들은 그를 변호하고 석방해 주기로 약속했다. 이렇게 내기를 하기로 결정하고 난 다음 날 아침에 알레프는 주인을 화나게 하는 행동을 시작했다.

알레프는 목동이었고, 주인이 무척 좋아하고 아끼는 값비싼 순수 혈통의 양들을 돌보는 일을 담당하고 있었다. 주인이 소중히 여기는 양들을 보여 주려고 손님 몇을 데리고 양 우리를 찾아왔다. 그때 알레프는 동료들에게 의미심장한 눈짓을 보였다. 그것은 마치 '두고 보라고! 내가 주인을 어떤 식으로 화나게 만드는지'라고 말하는 듯했다. 하인들 모두는 쪽문과 울타리 뒤에 숨어서 상황을 지켜보았다. 악마도 자신의 종으로 활용된 알레프가 일을 어떻게 처리하는지 지켜보기 위해 양 우리 근처의 나무 위로 기어 올라갔다. 주인은 양 우리 주변을 돌아다니면서 손님들에게 암컷 양과 새끼 양들을 구경시켜 주었다. 주인은 손님들에게 순간 가장 소중히 여기는 숫양을 보여 주고 싶다는 생각이 들었다.

"여기에서 키우는 모든 양이 비싸고 귀합니다만 제가 가장 소중히 생각하는 녀석은 아주 멋진 뿔을 가진 저기 저 숫양입니다. 저 녀석의 뿔은 아주 신기한 모양으로 꼬여 있습니다. 녀석은 값을 매길 수 없을 만큼 귀하지요. 저는 저 녀석을 제 눈동자만큼이나 소중히 아낀답니다."

갑자기 나타난 낯선 사람들의 출현에 양들은 깜짝 놀라서 요란하게 날뛰었다. 그래서 손님들은 주인이 자랑하는 숫양이 어떤 녀석인지 알 수가 없었다. 마침내 주인은 알레프에게 도움을 청하기 위해 소리쳤다.

"알레프, 나를 위해서 우리가 가장 자랑스러워하는 숫양을 좀 붙잡아 주겠나? 뿔이 신기하게 꼬인 녀석 말일세. 부디 조심조심 소중하게 잡고 있어 주게. 잠시만 얌전히 잡고 있으면 돼."

주인이 말을 끝내자마자 알레프는 사자처럼 양들 틈으로 돌진해 들어갔다. 그러고는 몸값을 헤아릴 수 없을 정도로 귀한 숫양을 힘껏 움켜잡았다. 한 손으로 양털을 힘껏 쥐고는, 다른 한 손으로 양의 왼쪽 뒷다리를 잡았다. 그것도 모자라 알레프는 주인이 보는 앞에서 양을 머리 꼭대기까지 들어 올리고는 힘껏 내던졌다. 양은 다리가 부러졌는지 무릎이 꺾인 채 넘어져서는 매애 하고 울어 댔다. 알레프는 또다시 오른쪽 뒷다리를 꽉 움켜잡고 들어 올렸다. 양의 왼쪽 다리는 심하게 꼬인 채 힘없이 축 늘어졌다.

손님과 하인들이 모두 깜짝 놀라서 비명을 질렀다. 악마는 나무 위에 앉아서 매우 영악하게 일을 해내는 모습을 보고 무척이나 즐거워하고 있었다. 주인은 몹시 화가 났는지 눈살을 찌푸리고 고개를 푹 숙인 채 아무 말도 하지 않았다. 손님과 하인들 역시 앞으로 끔찍한 일이 닥칠 것이라고 예상하고 말 한마디도 없이 기다렸다.

침묵이 이어졌다. 어느 순간 주인은 무거운 짐을 내려놓은 듯 온몸을 부들부들 떨었다. 그러고 나서 고개를 들고 하늘을 올려다보았다. 그 자세로 잠시 꼼짝도 하지 않았다. 얼굴에는 짜증스러운 주름마저 사라지고 보이지 않았다. 주인은 미소를 띤 표정으로 알레프를 바라보며 말했다.

"알레프야, 알레프야, 아, 네 주인이 나를 화나게 하라고 명했나 보구나. 하지만 나의 주인이 네 주인보다 더 강하다. 나는 네게 화내지 않을 테다. 하지만 네 주인은 화가 좀 나게 만들 생각이야. 너는 내가 어떤 벌을 내릴까 두려워하고 있을지도 모르겠구나. 하지만 알레프야, 나는 너에게 벌을 주지 않을 거야. 너는 예전부터 자유를 갈망하지 않았니? 자유로운 몸이 되기를 바랐지? 그래, 알레프야, 네가 바랐던 바를 이루게 해 주마. 내 손님들 앞에서 너를 자유의 몸이 되게 풀어 주마. 자, 네가 원하는 곳으로 가려무나. 네 나들이웃도 챙겨 가거라."

친절하고 착한 주인은 손님들과 함께 집으로 돌아갔다. 이 광경을 본 악마는 이를 갈면서 나무에서 떨어져 땅 속 밑바닥 깊이 가라앉아 버렸다.

죄인은 없다

1

나는 남다른 운명이었다.

부자들이 가난한 사람들을 학대하고 경멸하는 것에 내가 부당함, 잔인함, 공포심을 절감하듯, 혹은 지금 같은 세상을 만드는 데 일등공신인 대다수의 육체노동자들이 가혹한 억눌림과 가난 속에서 살고 있다는 것을 내가 분명히 인식하듯, 부자들의 쾌락과 학대에서 무언가를 통렬히 깨닫고 있는 비참한 거지는 단 한 명도 없을 것이다.

나는 오래전부터 이런 현실을 통탄해 왔다. 나의 이러한 느낌은 시간이 흐르면서 더욱 확고해졌고, 결국에는 끝에 다다르게 되었다. 지금도 그 느낌을 분명히 간직하고 있지만, 나는 여전히 타락하고 죄 많은 부자들 세계에서 살고 있다.

물론 나는 부자들 곁을 떠날 수 없다. 그만한 능력도, 지혜도 내게는 없다. 그렇다고 지금의 내 처지에서 죄를 짓고 있다는 양심이나 수치심 없이 내 물리적 욕구, 그러니까 음식, 수면, 의복, 여행을 만족시키면서 내 삶을 바꿀 수 있는 방법을 나는 모르겠다.

내 의식 세계와는 전혀 어울리지 않게 내 신분을 바꾸기 위해 노력한 적은 있었다. 그러나 내 과거와 내 가족, 그리고 나에 대한 그들의 요구 등에 주어진 조건들은 너무나도 복합적이었다. 그래서 나는 도저히 그 조건들에서 벗어날 수 없었다. 게다가 나 자신으로부터 자유로워질 수 없었다. 나에게는 그럴 힘이 없었다. 내 나이가 이제 여든을 넘겨서 그런지 신체적으로든 정신적으로든 매우 약해졌기에 자유로워지려는 노력마저도 포기해 버렸다. 이상하게 들릴 수도 있지만, 나는 약해질수록 내 신분에 죄가 있음을 더욱 절실히 알았고, 나는 그런 현실을 견디기가 더욱 힘들어졌다. 내가 아무 이유 없이 현재의 신분을 누리고 있는 것은 아니라고 생각한다.

나를 고통스럽게 만드는 모든 것에 용서를 구하고, 내가 분명히 보고 있는 것을 외면하고 있는 사람들, 적어도 그런 사람 중에 일부만이라도 눈을 뜨게 하고, 그렇게 함으로써 타인뿐만이 아니라 자기 자신마저 속이고 있는 사람들이 만든 기존의 조건 아래서 육체적으로든 정신적으로든 고통을 받을 수밖에 없는 수많은 사람들의 짐을 덜어 주도록, 나의 진실성 있는 감정을 털어놓아야 하는 것은 하나님의 섭리라는 생각이 들었다.

사실 지금의 내 신분 덕분에 사람들 사이에 존재하는 거짓, 범죄와 관련된 일을 폭로하는 특별한 재능을 지닐 수 있게 된 듯하다. 다시 말해서 나 자신을 변명함으로써 요점에서 벗어나지 않고, 부자들의 시기심을 건드리지 않으면서, 또 가난하고 학대받는 사람들이 억압받고 있다는 느낌을 자극하지 않으면서 온전히 진실을 말할 수 있는 특별한 재능이 나에게 주어진 것 같다.

내 입장은 매우 확고하기에 나 자신을 변명할 욕심은 전혀 없다. 오히려 내가 더불어 살고 있지만 너무도 부끄러워하는 집단, 요컨대 나의 운명과 그들의 운명을 따로 떼어 놓지 않고 생각할 수는 없지만, 그들이 보여 주는 가난한 사람들에 대한 태도 때문에 내 영혼을 다해 혐오하는 집단의 사악함을 과장하지 않으려는 노력도 필요하다고 생각한다.

그러나 나 역시 평등론자의 오류를 되풀이할 수는 없다. 평등론자들은 학대받고 노예처럼 살아가는 사람들을 옹호하지만, 그 과정에서 발생된 그들의 실패와 실수를 깨닫지 못한다. 그리고 과거부터 계속되는 실수와 그로 인한 장애를 충분히 고려하지 않음으로써, 오히려 상류 계급의 책임을 약간 줄여 주는 모순을 낳았다.

자기변명이나 하려는 욕구에서 벗어나서, 자유롭게 살고 있는 사람들의 두려움에서 벗어나서, 학대받는 사람이 학대하는 사람에게 품고 있는 증오심과 시기심에서 벗어나서, 나는 진실을 보고 진실을 말할 수 있는 가장 적합한 위치에 있다고 생각한다. 하나님께서 나를 지금 이 위치에 놓은 이유도 바로 이 때문일 것이다. 나는 최선을 다해 하나님의 섭리를 펼쳐 보일 것이다.

2

알렉산더 이바노비치 볼긴은 독신이면서 모스크바 은행의 행원이었다. 연봉은 8,000루블이고, 나름대로 직장 내에서 존경받는 사람이었다.

그는 한 시골집에서 머물고 있었다. 집주인은 2,500에이커의 땅을 소유한 대지주로 상당히 부자였으며, 볼긴의 사촌과 결혼한 사람이었다. 볼긴은 사촌의 식구들과 소소한 내기가 걸린 카드놀이를 하면서 저녁 시간을 보내고 피곤해하며 자기 방으로 돌아왔다.

그는 먼저 새하얀 천이 덮여 있는 작은 테이블에 시계, 은장 담배 케이스, 수첩, 큰 가죽 지갑, 주머니 솔과 빗을 내려놓았다.

다음에는 겉옷, 조끼, 셔츠, 바지와 내의, 그리고 실크 양말과 영국산 부츠를 차례로 벗었다. 그러고 나서는 잠옷과 가운을 입었다. 시계는 자정을 가리키고 있었다.

볼긴은 담배를 피우고 침대에 엎드려 잠시 그날의 느낌을 되새겨 보았다. 그리고 촛불을 불어서 끄고, 옆으로 누워 들뜬 마음을 억누르며 거의 1시가 되어서 잠이 들었다. 그는 다음 날 아침 8시에 잠에서 깨어났고, 슬리퍼와 가운을 입고 벨을 누르자 스테판이 허둥지둥 방으로 달려왔다.

늙은 집사인 스테판은 한 가정의 아버지이면서 여섯 손자를 둔 할아버지로 그 집에서 30년이나 일한 충실한 하인이었다. 그는 어젯밤 볼긴이 벗어 둔 부츠를 광이 나도록 깨끗이 닦아 왔다. 그리고 말끔히 잘 손질된 양복과 깨끗한 셔츠 한 벌도 가져왔다.

볼긴은 그에게 고맙다고 말한 후 날씨가 어떤지, 주인 내외도 잘 주무셨는지 물었다(그의 요구로 햇빛 때문에 자는 데 방해받지 않도록 11시까지 블라인드가 쳐져 있었다). 그는 시계를 힐끗 보았다. 아직은 이른 시간이었다.

곧 세수를 하고 옷을 입기 시작했다. 물은 준비되어 있었다. 세면대와 화장대 위에는 모든 것을 편하게 사용할 수 있도록 준비되어 있었다. 비누, 칫솔, 머리 빗는 솔, 손톱깎이와 손톱 줄이 가지런히 놓여 있었다.

그는 손과 얼굴을 천천히 씻고, 손톱을 깨끗이 정리한 다음에 매니큐어를 칠하고, 수건으로 등을 밀고, 스펀지로 하얗고 튼튼한 몸을 머리부터 발끝까지 닦아 냈다. 그리고 머리를 매만지기 시작했다. 그는 먼저 거울 앞에 서서 조금씩 잿빛으로 변해 가는 수염을 가운데에서 갈라지도록 영국산 솔 두 개로 매만졌다. 그다음 이미 점점 가늘어져 가는 머리카락을 커다란 거북 껍데기로 만든 빗으로 빗어 내렸다.

내의, 양말, 부츠, 멜빵이 달린 바지와 조끼를 입은 후, 그는 외투를 입지 않은 채 편한 의자에 앉아 휴식을 취했다. 담배에 불을 붙이고 어디로 산책을 갈지 생각했다. 정원으로 갈까, 리틀 포트(우습게도 이것은 숲 이름이다.)로 갈까? 그는 리틀 포트로 가기로 결정했다.

산책을 다녀오고 나서 시몬 니콜라에비치의 편지에 답장을 써야 했다. 그러나 여유 시간이 있었다. 모든 일정을 결정하기라도 한 것처럼 의자에서 일어서며 그는 시계를 꺼내 보았다.

다시 시계와 지갑(이번 여행과 2주간 머물 사촌 집에서 여러 가지 용도로 쓸 180루블 중에 쓰고 남은 돈이 들어 있었다.)을 조끼 주머니에 넣었다. 바지 주머니에는 담배 케이스와 전기 라이터를 넣었고, 코트 주머니에는 두 장의 깨끗한 손수건을 넣었다.

그리고 지저분하게 어질러 놓은 방을 뒤로 하고 나왔다. 그

방을 정리하는 것은 이미 쉰 살을 넘긴 스테판의 몫이었다. 스테판은 평생 그런 일을 해 왔기 때문에 조금의 반감도 품지 않았다. 단지 볼긴이 조금이나마 '보상'이라도 해 주기를 바랐다. 볼긴은 거울을 보고 자신의 모습에 흡족해하며 식당에 들어갔다.

하녀와 하인, 그리고 집사(집사는 자기 아들의 낫을 갈고 집안을 관리해야 했기 때문에 새벽부터 일어났다.)의 수고 덕분에 식당에는 아침 식사가 준비되어 있었다.

얼룩 하나 보이지 않는 새하얀 식탁보 위에는 은처럼 반짝이며 끓고 있는 사모바르, 커피포트, 뜨거운 우유, 크림, 버터, 그리고 온갖 종류의 흰 빵과 비스킷이 놓여 있었다. 그 집의 둘째 아들과 그의 가정교사, 그리고 비서가 식탁에 앉아 있었다. 지방 자치회의 현역 의원이면서 대농장주인 집주인은 이미 집을 나섰다. 8시에 있는 자치회의에 참석하기 위해서였다.

볼긴은 커피를 마시면서 둘째 아들의 가정교사인 대학생과 비서에게 날씨와 전날 밤의 카드놀이에 대해서 이야기했다. 그리고 어젯밤 테오도리트가 별것도 아닌 이유로 아버지에게 무례하게 대든 괴상한 행동에 대해 이야기를 나누었다.

테오도리트는 그 집의 맏아들이었는데, 결코 정상적인 사람이 아니었다. 그의 원래 이름은 테오도르지만 누군가 그를 약 올리려고 장난삼아 그를 테오도리트라 부른 적이 있었는데, 그

뒤로 사람들이 모두 그렇게 불렀다. 그 이름 때문이었는지, 그의 행실이 조금도 나아지지 않았고, 결국 지금에까지 이르렀다.

그는 대학에 다니기도 했지만 2학년 때 그만두고 근위 기병 연대에 들어갔다. 그러나 그것마저 포기했고 지금은 시골에서 아무 일도 하지 않으며 남의 약점이나 트집만 잡으면서 온갖 것에 불만을 가진 채 살고 있었다. 테오도리트는 아직 자고 있는 것이 틀림없었다. 그리고 집안 식구 중 식당으로 내려오지 않은 사람은 안나 미카일로브나, 그녀의 몸종, 장군의 미망인인 그녀의 언니, 그리고 그 집의 식객으로 살고 있는 풍경 화가였다.

볼긴은 현관 옆 테이블에서 파나마모자(20루블짜리)와 손잡이에 상아가 조각되어 달린 지팡이를 꺼내 들고 밖으로 나갔다. 꽃들이 활짝 피어 있는 베란다를 건너 화원을 가로질렀다. 화원 한가운데에는 둥근 화단이 불룩 솟아 있었다. 빨갛고, 희고, 푸른 꽃들이 화단 가장자리에 자리 잡고 있었고, 가운데에는 안주인 이름의 첫 글자로 꽃밭을 이루고 있었다. 볼긴은 화원을 벗어나서 수백 년은 된 듯한 보리수나무 길로 들어섰다.

시골 처녀들이 가래와 비로 길을 깨끗이 쓸고 있었다. 정원사는 측량하기 바빴고, 한 소년은 수레에 무언가를 가득 싣고 끌어오고 있었다. 볼긴은 이들을 지나 적어도 125에이커는 돼 보이는 정원으로 들어갔다. 그 정원은 곧게 뻗은 오래된 나무들로 가득했고, 잘 정돈된 길들이 거미줄처럼 연결되어 있었다.

그는 정원 길을 산책하며 담배를 물었다. 여름 별장을 지나 들판 너머로 연결되는 길을 선택했다. 볼긴이 즐겨 걷던 길로 정원에서 가장 쾌적한 길이었지만, 들판에는 훨씬 멋진 길이 있었다.

오른쪽에는 붉고 하얀 덩어리처럼 보이는 몇몇 여인네들이 감자를 캐고 있었고, 왼쪽에는 밀밭과 초원, 그리고 풀을 뜯는 소들이 보였다. 그리고 약 1시 방향으로 리틀 포트란 이름의 어둑한 참나무 숲이 있었다. 볼긴은 깊은 숨을 들이마시고 살아 있음을 기쁘게 느꼈다. 특히 사촌이 살고 있는 이곳에서 은행 일에서 벗어나 철저한 휴식을 즐기고 있었다.

그는 생각했다.

'이곳에서 사는 사람들은 축복받은 거야. 사실, 이 집주인은 농장 경영에, 지방 자치회 일까지 해서 이곳에서도 그렇게 편하지 않을 거야. 하지만 그건 그의 일이기도 하지.'

볼긴은 고개를 저으며 다시 담배에 불을 붙였다. 그리고 둔해 보이는 영국산 부츠를 번쩍이며 힘차게 걸어 나갔다. 하지만 그에게 곧 닥쳐올 힘든 겨울 업무를 떠올렸다.

'조만간 매일 아침 10시부터 오후 2시, 때로는 5시까지 은행에 있어야겠지. 게다가 이사회, 고객과의 개별적인 면담, 의회 출석……. 하지만 이곳은 모든 게 즐거워. 물론 약간은 단조롭

기도 하지. 그래도 오랫동안 머무는 것은 아니니까.'

그는 옅은 웃음을 지었다.

그는 리틀 포트에서 산책을 마친 후, 휴한지를 똑바로 가로지르며 돌아오고 있었다. 휴한지에서는 쟁기질이 한창이었다. 마을의 공동 재산이던 암소, 염소, 양, 돼지 등이 여기서 풀을 뜯어 먹고 있었다.

가장 빨리 정원으로 돌아가는 방법은 그 동물들을 가로질러야 했다. 그 때문에 양들이 놀라 달아나기 시작했고, 돼지들이 곧바로 그 뒤를 쫓아 뛰었다. 그중 두 마리의 작은 돼지 떡하니 버티고 서서 그를 쳐다보았다. 양치기 소년이 양들을 불러들이려 채찍을 획획 흔들었다. 볼긴은 해외에서 휴가를 보냈던 때가 떠올랐다.

'우리는 유럽에 비해 너무 뒤떨어져 있어. 저런 식으로 키워지는 암소는 유럽 어디에서는 단 한 마리도 없을 거야.'

그리고 볼긴은 그때 걷고 있던 길이 어디쯤에서 갈라지는지 궁금해져 마치 가축의 주인이라도 되는 양 소년에게 소리쳤다.

"그 가축은 누구의 소유인가?"

볼긴의 모자와 말끔히 정돈된 수염, 특히 금테 안경을 보고 소년은 두렵기도 했지만 너무 놀라 즉시 대답하지 못했다. 볼긴이 다시 물었을 때 그제야 소년은 정신을 차리고 대답했다.

"저희 것입니다."

볼긴은 고개를 저으며 다시 물었다. 하지만 얼굴에는 희미한 웃음이 어려 있었다.

"너희가 누구인가?"

소년은 자작나무 껍질을 엮어 만든 신발을 신고 있었고, 바지는 아마포 띠로 묶어 고정시켰다. 어깨에는 누더기나 마찬가지인 셔츠를 걸쳤고, 윗부분이 떨어져 나간 모자를 쓰고 있었다.

"저 가축들은 누구 것이냐?"

"피로그브 마을의 가축입니다."

"몇 살이냐?"

"모르겠습니다."

"글을 아느냐?"

"아니요, 모릅니다."

"학교는 다녔느냐?"

"네, 다녔습니다."

"그런데 글 읽는 법을 배우지 않았지?"

"배우지 않았습니다."

"저 길은 어디로 연결되느냐?"

소년은 짤막하게 집으로 가는 길을 대답했다.

볼긴은 집에 돌아가는 동안 집주인 니콜라스 페트로비치에게 그의 노력에도 마을 학교의 안타까운 상황에 대해서 어떻게 말해 주어야 할지 생각했다. 집이 가까워지자 볼긴은 시계를 보았다.

벌써 11시가 넘었다. 마침 그는 니콜라스 페트로비치가 근처 도시에 간다고 한 말이 떠올랐다. 볼긴은 니콜라스 페트로비치에게 모스크바로 부칠 편지를 대신 보내 달라 부탁하였다. 그러나 그는 아직 편지를 쓰지도 못했다. 그 편지는 한 친구에게 매우 중요했다. 편지는 곧 경매에 부쳐질 성모 마리아 그림을 자신을 대신해 입찰해 달라는 내용이었다.

집에 도착하자 현관에는 잘 먹어서 기름기가 많고 마구를 잘 갖춘 순혈종의 커다란 말 네 마리가 마차에 매여 있었고, 옻칠된 마차는 햇볕에 반짝였다. 마부는 카프탄*에 은색 벨트를 차고 마부석에 앉아 있었다. 말들은 가끔가다 한 번씩 은종을 딸랑딸랑 울렸다.

현관 앞에는 머리에 아무것도 쓰지 않은 맨발의 농부가 누더기 같은 카프탄을 입고 서 있었다. 그는 볼긴을 보자마자 꾸벅 절을 했다. 볼긴은 무슨 일이냐고 물었다.

"방금 니콜라스 페트로비치 씨를 만나 뵙고 왔습니다."

"무슨 일로?"

"지금 저는 아주 난감한 상태입니다. 제 말이 죽었습니다."

볼긴은 그에게 여러 가지를 묻기 시작했고, 농부는 현재 그의

---

* 긴 소매와 띠가 달린 옷

상황을 볼긴에게 자세히 말했다. 그는 자식이 다섯이며, 자신의 유일한 재산은 그 말뿐이었다고 했다. 그런데 그 말이 죽어 버렸다는 것이다. 그는 눈물을 뚝뚝 흘렸다.

"그래서 어떡하라는 것이냐?"

"적선을 바랍니다."

그는 무릎을 꿇었다. 볼긴이 일어나라고 해도 그는 도통 말을 듣지 않았다.

"이름이 무엇이냐?"

농부는 무릎을 꿇은 채 대답했다.

"미트리 수다리코프입니다."

볼긴은 지갑에서 3루블을 꺼내 농부에게 주었다. 그러자 농부는 이마가 땅에 닿도록 절하며 고맙다고 했다. 볼긴은 집 안으로 향했다. 집주인이 현관에 서 있었다. 그가 볼긴에게 다가서며 물었다.

"나는 곧 출발해야 하는데 편지는 어디에 있나?"

"저런, 정말 미안하네. 얼른 쓸 테니 잠깐만 기다려 주겠나? 깜박 잊었네. 이곳이 너무 흡족해서 몽땅 잊어버렸단 말일세."

"알았네. 서둘러 주면 좋겠어. 마차가 15분 전부터 기다리고 있었네. 그리고 파리들이 극성스럽게 달려들고 있네."

그는 마부에게 소리쳤다.

"아르센티, 조금만 기다려 주겠나?"

마부가 대답했다.

"물론입니다."

마부는 혼자 속으로 생각했다.

'부자들은 준비도 다 끝내기 전에 왜 말을 불러내는 거야? 하인들이나 나 같은 사람은 우두커니 서서 파리들한테 당해야 하잖아.'

"금방 다녀오겠네."

볼긴은 방으로 뛰어갔다가 이내 다시 돌아와 적선을 청하던 농부에 대해 니콜라스 페트로비치에게 물어보았다.

"자네도 그를 보았나? 그냥 술주정뱅이야. 하지만 무척 딱한 사람이지. 서두르게!"

볼긴은 필기도구가 모두 들어 있는 상자를 열었다. 그리고 편지를 쓰고 180루블짜리 수표를 작성한 다음, 봉투에 넣고 봉인하여 니콜라스 페트로비치에게 주었다.

"조심히 다녀오게."

볼긴은 점심때까지 신문을 읽었다. 그는 진보 계열의 신문 〈러시안 가제트〉〈스피치〉 때로는 〈러시안 워드〉만을 읽었다. 집주인이 구독하는 〈뉴 타임즈〉는 건드리지도 않았다. 볼긴은 편안히 마음을 가다듬고 정치, 황제의 동정, 총리와 각료들의 근황, 그리고 의회의 결정 사항에 대해서 훑어보았다. 그리고 평범한 소식, 연극, 과학, 살인, 콜레라 등을 읽으려로 넘어가려는 순간, 점심 식사를 알리는 종소리가 들렸다.

열 명 이상(세탁부, 정원사, 요리사, 조리사, 집사, 하인 등)의 노고 덕택에 식탁에는 8인분의 식사가 화려하게 차려져 있었다. 은으로 만든 주전자, 술병, 크바스 맥주*, 포도주, 광천수, 조각한 유리 그릇, 깨끗한 냅킨 등이 준비되어 있었다.

두 명의 하인이 계속 들락날락하며 음식을 갖고 들어오고 시중을 들었다. 그리고 전체요리와 차갑고 더운 음식이 차례로 들어왔다. 안주인은 그동안 자신이 행동하고, 생각하고, 말했던 것을 쉼 없이 열변을 토했다. 그녀는 자신이 완벽하기 때문에, 바보가 아니라 사람이라면 그런 것들을 즐거워할 거라고 생각하는 듯했다.

볼긴은 그녀가 내뱉는 말들이 어리석은 것이라 생각하고 있었지만, 결코 내색하지 않고 대화를 이어 나갔다. 테오도리트는 우울한 표정으로 아무 말도 하지 않았다. 가정교사인 대학생은 가끔씩 미망인과 몇 마디 대화가 오가다가 끊기기도 했다. 그러면 테오도리트가 끼어들어 모두의 기분을 언짢게 만들었다. 그럴 때마다 안주인은 하인에게 아직 나오지 않은 요리를 가져오라고 했고, 하인은 허겁지겁 부엌으로 가서 요리를 들고 돌아왔다. 물론 어느 누구도 계속해서 이야기를 나누거나 먹고

---

* 집에서 직접 빚은 러시아 전통 호밀 맥주

싶은 기분이 아니었지만 억지로 먹으면서 대화를 이어 나갔다.

말이 죽었다며 적선을 청한 농부의 이름은 미트리 수다리코프였다. 그가 죽은 말을 잊고 다시 일터로 돌아가는 데 꼬박 하루가 걸렸다. 그가 가장 먼저 한 일은 근처 마을에 사는 도살업자 사닌을 찾아간 것이다. 하지만 도살업자가 외출해서 기다려야 했다. 사닌이 돌아오고 말가죽 값을 흥정하고 나니까 벌써 오후 4시가 넘었다.

그다음 그의 말을 들판에 매장하기 위해서 이웃의 말을 빌렸다. 죽은 동물은 마을 근처에 묻을 수 없었다. 아드리안은 감자를 수확하고 있어서 말을 빌려 주려 하지 않았다. 반면에 스테판은 미트리를 불쌍히 여겨 그의 간청에 넘어가고 말았다. 더구나 죽은 말을 수레에 싣는 것까지 도와주기도 했다.

미트리는 앞발에서 말굽을 떼어 아내에게 주었다. 하나는 깨졌는데 다른 하나는 멀쩡했다. 미트리가 무딘 삽으로 무덤을 파고 있을 때, 도살업자가 찾아와 가죽을 벗겼다. 마침내 말의 사체가 구덩이 속에 던져지고 구덩이가 메워졌다.

미트리는 피곤했다. 마트레나의 오두막에서 사닌과 보드카 반병을 나누어 마시며 아쉬움을 달랬다. 그리고 그는 집으로 돌아가서는 아내와 한바탕 말싸움을 벌이고 건초 더미 위에서 자려고 누웠다. 옷도 벗지 않았다. 그는 평소에도 그랬듯이 누더기 같은 외투를 이불 삼아 잠을 잤다. 아내는 딸들(다섯 중 넷이었다. 막내는 5개월밖에 안 되었다.)과 함께 오두막에 있었다.

미트리는 평소처럼 새벽에 일어났다. 말이 몸부림치면서 결국에는 힘없이 쓰러지던 지난날의 괴로운 생각을 떠올리며 투덜댔다. 이제 그에게는 말이 없었다. 그가 가지고 있는 것이라곤 말가죽 값 4루블 80코페이카뿐이었다. 그는 벌떡 일어나 각대를 동여매고 마당을 지나 오두막 안으로 들어갔다. 아내는 한 손으로 아기를 가슴에 끌어안은 채, 다른 손으로 난로에 밀짚을 넣고 있었다. 아기는 아내의 더러운 속옷에 매달려 있는 거나 다름없었다.

미트리는 가슴에 세 번 성호를 긋고 구석에 있는 성모상을 향했다. 그리고 그가 기도라 부르는 뜻도 없는 말을 삼위일체 신께, 성모님께, 예수님의 제자들에게, 그리고 하나님 아버지께 몇 번이고 되뇌었다.

"물 있소?"

"금방 딸애가 물을 길러 갔어요. 차는 조금 있어요. 오늘 추수밭에 갈 거예요?"

"가야지. 그게 낫겠어."

그는 난로에서 피어오르는 연기 때문에 기침이 나왔다. 그는 나무 의자에서 누더기를 집어 들고 현관문으로 나갔다. 물을 길러 간 딸이 돌아오는 중이었다. 미트리는 양동이째 한 모금 가득 물을 들이켠 다음, 손바닥에 뱉어 대충 세안하고 누더기로 대충 닦아 냈다. 그러고 나서 헝클어진 머리카락을 손가락으로 쓱쓱 문지르고 집을 나섰다. 길을 걷던 도중 더러운 셔츠 말고는 아무것도 걸치지 않은 열 살 정도의 여자아이를 만났다.

"안녕하세요, 미트리 아저씨. 탈곡하러 가시는 길이에요?"

미트리가 대답했다.

"그래."

미트리는 지난주에 쿠무쉬키르를 도와주었던 일을 떠올리며 이제는 자신이 보답을 받을 차례라고 생각했다. 쿠무쉬키르도 미트리만큼 가난한 사람인데, 옥수수를 탈곡하는 것을 미트리가 말이 끄는 기계로 도와주었던 적이 있었다.

"사람들에게 내가 곧 갈 거라고 전해 줘라. 점심시간에는 갈 수 있을 거야. 나는 우구루미에게 가 봐야 해."

미트리는 다시 오두막으로 돌아가, 자작나무 껍질로 엮어 만든 신발로 갈아 신고 각대 끈을 바꿔 맸다. 그리고 일터로 향했다. 그는 어제 볼긴에게 3루블, 니콜라스 페트로비치에게 3루블 받은 것을 집으로 돌아와 아내에게 건네주고 곧바로 이웃들에게로 갔다. 탈곡기가 윙윙 소리를 내며 돌아가고 있었다. 탈곡기를 돌리는 사람이 계속해서 질러 대는 소리에 비쩍 마른 말들이 보조를 맞추어 금방이라도 쓰러질 듯이 천천히 움직이고 있었다. 탈곡기를 돌리던 사람은 계속 단조로운 어조로 소리쳤다.

"자, 자, 그만, 돌고…… 좋아!"

몇몇 여자들은 옥수수 다발을 풀고 있었고, 또 몇몇 여자들은 흩어진 지푸라기와 옥수수 낟알을 갈고리로 긁어모으고 있었다. 또 옥수수 다발을 한 아름씩 끌어안고 남자들에게 건네주는 여자도 있었다. 그러면 남자들은 옥수수 다발을 탈곡기에 집어넣었다. 쉴 새 없이 일이 진행되고 있었다. 미트리가 지나가야 했던 채마밭에서는 긴 셔츠를 걸쳐 입은 한 여자아이가 감자를 캐어 바구니에 담고 있었다.

미트리가 물었다.

"네 할아버지는 어디에 계시니?"

"헛간에 계세요."

미트리는 즉시 헛간으로 가서 일을 시작했다. 여든을 넘긴 노인은 미트리의 고민을 알고 있었다. 노인은 미트리에게 아침 인사를 하고, 탈곡기에서 일할 수 있도록 자리를 내주었다. 미트리는 누더기 같은 외투를 벗어 울타리 근처 길바닥에 던져놓았다. 그리고 옥수수 다발을 끌어 모아 탈곡기 안에 집어 던지며 열심히 일하기 시작했다.

일은 점심시간이 될 때까지 중단되지 않고 이어졌다. 수탉이 두어 번 울어 댔지만 누구도 일을 멈추지 않았다. 사람들이 수탉의 울음을 믿지 못해서가 아니라, 탈곡기가 돌아가는 시끄러운 소리에 수탉의 울음소리를 듣지 못했기 때문이다. 마침내 지주의 증기 탈곡기가 경적 소리로 5킬로미터 밖에서 신호음을 보냈다.

그리고 주인이 헛간으로 들어오며 말했다. 그는 팔십 대의 건강한 노인이었다.

"이제 그만 쉬게. 식사할 시간이야."

갑자기 일하던 사람들이 힘을 내더니 순식간에 지푸라기가 말끔히 치워졌다. 탈곡된 옥수수 알들을 짚과 분리하여 들여놓았고, 일꾼들은 식당으로 갔다. 식당 안 난로에는 굴뚝이 없어서 연기로 자욱했다. 그러나 깔끔하게 정돈되어 있었고, 식탁 둘레에는 일하던 사람들이 앉을 수 있도록 나무 의자들이 마련되어 있었다. 일꾼들은 주인 가족을 제외하고 모두 아홉 명이었다. 식탁 위에는 빵, 수프, 끓인 감자, 그리고 크바스 맥주가 놓여 있었다. 식사를 하던 중, 목발을 짚은 외팔이 늙은 거지가 어깨에 가방을 둘러메고 들어왔다.

"이 집에 하나님의 평화가 깃들기를……. 여러분, 맛있게 드십시오. 예수님의 사랑으로 저에게도 먹을 것을 적선해 주십시오."

주인의 며느리로 벌써 초로에 접어든 여자가 대답했다.

"하나님께서 당신에게도 먹을 것을 드릴 것입니다."

그때 문 가까이에 서 있던 주인 노인이 말했다.

"우리를 노여워하지 마시오. 이자에게 빵 좀 주거라, 마르타. 어떻게 지내시오?"

"우리도 부자가 될 수 있을지 알고 싶을 뿐입니다."

"잘못된 생각이오. 마르타, 하나님은 우리에게 가난한 사람을 도와주라 하셨다. 이분에게 빵을 좀 나누어 주거라."

마르타는 시아버지의 말에 따랐다. 거지는 곧 사라졌다. 탈곡기를 돌리던 남자가 신의 은총을 빌고, 주인 가족에게 감사하다고 말하고 쉬러 갔다.

미트리는 쉬지 않았다. 가게로 달려가 감자를 약간 샀다. 그는 담배를 피우고 싶었다. 그가 담배를 피우는 동안 데멘스크에서 왔다는 남자와 잡담을 나누었다. 미트리는 소를 팔지 않고 가정을 꾸려 나갈 자신이 없어서 소 값을 물어보았다. 그가 다시 일터로 돌아왔을 때 다른 일꾼들은 이미 일이 시작하고 있었다. 그렇게 일은 저녁까지 계속되었다.

이렇게 학대받고 착취당하고 기만당하는 사람들은 지나친 노동으로 사기마저 꺾이고, 영양실조로 조금씩 죽어 가고 있다. 물론 그들 중에도 스스로 하나님을 믿는 사람이라 여기는 사람이 있는 반면, 기독교나 그보다 훌륭해 보이는 또 다른 종교에 구원하는 것마저 포기해 버리고 잘난 체하는 사람도 있다.

그러나 부자들의 추악하고 나태한 삶은 이런 노예 같은 사람들의 끝없고 과도한 노동이 뒷받침되어야만 존재할 뿐이다. 또

한 사모바르, 은제 접시, 마차, 기계, 그리고 생활에 필요한 물품들을 만들기 위해 공장에서 쉼 없이 일하는 수많은 노예들도 언급할 필요조차 없다.

부자들은 노예들의 경멸 속에서 살아간다. 이러한 경멸을 깨닫는 부자도 있지만 반면 전혀 눈치채지 못하는 부자도 있다. 부자들의 마음속에는 종종 따뜻한 온정이 솟겠지만, 가난한 아이들은 여전히 정신적 무지 속에서 자라면서 나락을 벗어나지 못하고 있다.

여기에 중년의 독신자가 있다. 수천 에이커의 땅을 소유하고 있고, 나태하고 온갖 욕심으로 가득 찼으며, 과도한 탐닉에 빠져, 〈뉴 타임즈〉를 즐겨 읽고, 정부가 유태인에게도 대학 입학을 허락한 것을 현명하지 못하다고 비난을 일삼는 부자가 있다. 그의 식객 중에는 전에 지방청장을 지냈던 사람도 있는데, 지금은 많은 녹을 받는 의원이 되어 법률가 협회가 사형 제도를 옹호하는 성명을 발표한 것에 흡족해하며 신문을 읽고 있다. 이들의 적인 국민 당원들은 자유주의를 표방하는 신문을 읽는다. 그들은 러시아 국민연맹의 결성을 허용한 정부의 근시안적 태도에 동의하지 않는다.

다정하고 온화한 어머니도 있다. 어머니는 어린 딸에게 여우 이야기와 토끼를 불구로 만든 개 이야기를 읽어 준다. 어린 딸이 혼자서 이곳저곳을 걸어 다니는 동안 어머니는 다른 아이들을 보살핀다.

신발을 신지 않은 아이들은 배고픈지 나무에서 떨어진 덜 익은 사과를 집어 든다. 어머니는 이미 그런 모습에 익숙해져 있다. 어머니에게는 이 아이들이 무작정 아이로만 보이지 않는다. 그저 일상적 환경의 일부다. 가족의 풍경인 셈이다.

이유가 무엇일까?

부자들의 대화

어느 날 부유한 집에 몇몇 손님이 모여 이야기를 나누다가 갑자기 인생에 관해 진지하게 대화하기 시작했다. 그들은 자리에 함께 있는 사람들 또는 그곳에 없는 사람들에 대해 이야기했는데, 현재 자신의 삶에 만족하는 사람은 단 한 명도 없었다.

그들 중에는 스스로 행복하다고 자랑할 수 있는 이가 아무도 없었을뿐더러, 어느 누구도 자신이 그리스도인다운 삶을 살고 있다고 생각하지 않았다. 그들 모두 오직 자기 자신과 자기 가족만을 위해 세속적으로 살고 있다고 고백했으며, 그들 중 어느 누구도 이웃을, 심지어 신조차 생각하지 않았다.

그들은 모두 그렇게 말했고, 스스로 신을 믿지 않고 그리스도인다운 삶을 살지 않는 자신들의 잘못을 인정했다.

"그런데 왜 우리는 이렇게 사는 겁니까?"

어느 젊은이가 큰 소리로 말했다.

"왜 우리는 스스로 옳지 못하다는 삶을 삽니까? 우리는 스스로 삶의 방식을 바꿀 힘이 전혀 없나요? 우리는 우리의 사치스러움, 나약함, 부유함, 그리고 우리의 교만이 다른 사람들과 우리를 떼어 놓고, 우리 자신을 파괴하는 것을 인정합니다. 부귀영화를 누리려면 우리에게 기쁨을 주는 모든 요소를 우리 스스로 박탈해야 부귀영화를 누릴 수 있습니다.

우리는 꾸역꾸역 도심지로 모여들고, 나약해지고, 건강을 해치고, 그리고 그 모든 유희에도 권태와 올바르지 못한 우리의 삶을 후회하며 죽습니다. 왜 우리는 이렇게 살고 있는 겁니까? 왜 우리는 자신의 삶과 신이 주신 모든 선을 망치고 있는 겁니까?

저는 이러한 낡은 방식으로 살고 싶지 않습니다. 저는 시작했던 공부를 그만두겠습니다. 그것들은 그저 지금 우리가 불평하고 있는 것과 똑같은 고통스러운 삶을 가져다줄 뿐입니다. 저는 저의 재산을 포기하고 시골에 가서 가난한 사람들과 살겠습니다. 그들과 함께 일하고, 제 손으로 노동하는 법을 배울 것입니다. 그리고 제가 공부해 왔던 것들이 조금이나마 그들을 도울 수 있다면 기꺼이 그들과 함께 나눌 겁니다. 규범과 책이 아닌, 그들과 형제처럼 사는 직접적인 방법으로 말이죠. 네, 저는 결심했습니다."

젊은이가 그곳에 있는 사람들에게 자문을 구하는 눈빛을 보냈고, 그 자리에 함께 있던 자신의 아버지를 보며 덧붙여 말했다.

"네 바람은 가치 있는 것이다."

젊은이의 아버지가 말했다.

"그러나 경솔하고 현명하지 못하구나. 네가 아직 인생을 모르기 때문에 그 일이 쉽게 여겨지는 것이다. 우리에게 '선'으로 보이는 것들이 많지만, 그것을 실행하는 것은 복잡하고도 난해하다. 이미 다져진 길을 잘 걷는 것도 힘든 일이지만, 길을 새로 내는 것은 더 힘들다.

오직 완전히 성숙하고, 인간이 이룰 수 있는 모든 것에 통달한 사람이어야 새 길을 낼 수 있다. 네가 인생의 새 길을 만드는 일을 쉽게 여기는 이유는 아직 인생을 이해하지 못했기 때문이다. 이는 젊은 사람에게서 많이 볼 수 있는 자만과 경솔함이 불러온 결과란다.

우리 노인들은 너희 같은 젊은이들의 충동을 억제시키고, 우리의 경험으로 너희를 인도하기 위해 필요하다. 너희 젊은이들이 우리의 경험을 통해 이득을 얻고자 하면 우리에게 복종해야 한다.

네 앞날은 창창하단다. 너는 아직 성장하고 발달하는 중이니 교육을 마치고, 사물을 완전히 이해하고, 오직 네 힘으로만 일어서며, 자신만의 확고한 신념을 지니고 나서, 만약에 네 뜻대로 할 힘이 있다고 느껴지면 그때 새로운 삶을 시작해도 좋다. 그러나 아직은 너의 이익을 위해 너를 인도하는 사람들의 말에 따라야 한단다. 인생의 새 길로 나아가려 하면 안 된다."

젊은이는 침묵했고, 더 나이가 많은 손님들은 젊은이의 아버지가 한 말에 동의했다.

"맞는 말씀입니다, 어르신."

결혼한 중년의 한 남자가 젊은이의 아버지를 돌아보며 말했다.

"저 젊은이는 아직 인생 경험이 부족해서 인생의 새 길을 찾을 때 큰 실수를 저지를 수도 있고, 그 결심이 굳세지 않을 수도 있지요. 하지만 양심에서 벗어난 우리의 인생이 우리에게 행복을 주지 않는다고 모두 인정했어요. 따라서 그런 삶에서 탈출하려는 욕망을 이해해 줄 수밖에 없습니다.

저 젊은이는 자신의 공상과 이성적 추론을 구분하지 못할 수도 있으니까요. 하지만 이제 젊지 않은 저는 오늘 여러분의 대화를 들으면서 저 청년과 똑같은 생각을 했다는 걸 말씀드리고 싶습니다. 지금 제 인생이 마음의 평화나 행복을 줄 수 없음을 잘 알고 있습니다. 경험과 이성이 제게 그걸 보여 주고 있으니까요. 그러면 저는 지금까지 무엇을 기다리고 있는 거죠?

우리는 하루 종일 가족만을 생각하지만, 우리와 우리의 가족은 신을 섬기지 않고 점점 죄에 물들어 가고 있어요. 우리가 가족을 위해 올바른 일을 하지 않기 때문에, 가족을 위해 일하더라도 그들의 삶은 더 좋아지지 않아요. 그래서 제 인생의 모든 방식을 바꾸고 저 청년이 제안한 대로 한다면 삶이 지금보다는 나아지지 않을까 하고 생각합니다.

다시 말해서, 제 아내와 아이들에 대한 걱정은 그만하고, 제 영혼에 대해 생각하기 시작하는 거지요. 사도 바울이 '결혼하지 않은 남자는 어떻게 하면 주님을 기쁘시게 해 드릴 수 있을까 하고 주님의 일에 마음을 쓰지만, 결혼한 남자는 어떻게 하면 자기 아내를 기쁘게 할 수 있을까에 마음을 쓴다.'고 말한 것도 다 이유가 있으니까 그런 것 아니겠습니까."

그런데 남자가 이 말을 미처 끝내 버리기도 전에 옆에 있던 그의 아내와 모든 여자가 그를 공격하기 시작했다.

"차라리 좀 더 일찍 그런 생각을 했으면 좋으련만."

중년을 넘긴 한 여자가 말했다.

"당신은 이미 멍에를 메었으니 짐을 끌어야 해요. 모든 남자는 자기 가족을 책임지고 먹여 살리기 힘들다고 느낄 때, 당신처럼 혼자서 어딘가로 훌쩍 떠나 자신의 영혼이나 구하고 싶다고 말하겠죠. 그건 정말 그릇되고 비겁한 일이에요. 그렇고말고요!

남자는 신을 공경하듯이 가족과 함께 살아가야 합니다. 물론 당신 혼자서 자신의 영혼이나 구하는 일이 더 쉽겠죠. 하지만 그건 그리스도의 가르침에 어긋나는 일이에요. 신은 우리에게 서로를 사랑하라고 말씀하셨어요. 하지만 자신의 영혼을 구하는 일이라면 당신은 신의 이름으로 다른 이들을 성나게 하는 거예요.

그건 아닙니다. 결혼한 남자는 그 자신에게 분명한 책임이 있고, 그 책임을 회피해선 안 돼요. 당신 가족들이 이미 자립한 상태라면 문제는 다르지만, 자신의 가족을 강제할 권리는 그 누구에게도 없어요."

하지만 조금 전에 말했던 중년의 남자는 동의하지 않았다.

"제가 제 가정을 버리고 싶다는 의미가 아닙니다. 제 말은, 제 아이들이 바로 우리가 지금 말하고 있는 것처럼 세속적이거나 자신만의 즐거움을 위해 살도록 성장하게 해서는 안 되며, 어릴 때부터 가난, 노동, 봉사에 익숙해지고, 무엇보다 모든 사람과 형제처럼 살아가도록 성장해야 한다는 뜻입니다. 또 그렇게 하기 위해 우리의 부와 특성을 포기해야 한다는 것입니다."

"당신이 신을 섬기며 살지 않는다고 해서 다른 사람을 힘들게 만들 필요는 없어요."

남자의 아내가 짜증스럽게 소리쳤다.

"당신은 이미 젊었을 때부터 당신 자신의 즐거움만을 위해 살았어요. 그런데 왜 지금 당신의 아이들과 가족을 괴롭히려고 하는 거죠? 아이들이 아무 탈 없이 자라게 그냥 놔두세요. 그리고 나중에 당신의 강요 없이 본인들이 원하는 대로 살게 내버려 두세요!"

그녀의 남편은 침묵했지만, 지긋이 나이 든 한 남자가 그를 옹호하며 말했다.

"남자가 결혼해서 자신의 가족이 어떤 안락함에 익숙해지게 했다면 그 안락함을 갑자기 가족들에게서 빼앗을 수 없다는 점 인정합니다. 아이들을 뭔가를 배우기 시작했다면 모든 것을 중단시키기보다는 오히려 그것을 끝내는 게 훨씬 나은 것도 사실이지요. 아이들은 자라서 자신에게 최선이라고 생각되는 길을 선택할 것이니까요.

저는 가족이 있는 남자가 죄를 짓지 않고 자기 인생의 방식을 바꾸는 것은 쉬운 일이 아니며, 불가능하다고 봅니다. 하지만 우리 같은 늙은이에게 그건 신이 명하시는 일이지요.

제 이야기를 해 보겠습니다. 저는 지금 어떤 의무에서 완전히 해방되어 살고 있습니다. 솔직히 말하면, 그냥 제 배만 채우고 있지요. 먹고, 마시고, 자고, 그래서 저 자신이 얄밉고 역정이 날 정도입니다. 따라서 이제 그런 생활은 접어 두고 재산을 내놓은 뒤, 적어도 죽기 전에 신이 명하신 그리스도인으로서의 삶을 짧게나마 살 때가 된 것입니다."

하지만 사람들은 노인의 말에 수긍하지 않았다.

노인의 조카딸이자 대모인 여자도 그곳에 함께 있었다. 노인은 그녀의 모든 아이들의 대부였으며, 축일 때마다 아이들에게 선물을 주었다. 노인의 아들 또한 그곳에 있었다. 두 사람 모두 노인의 말에 항의했다.

"말도 안 돼요. 아버지는 평생 일만 하셨으니 이제 쉬셔야 해요. 스스로 수고하실 때가 아니란 말이에요. 아버진 이미 정해진 습관에 따라 60년을 살아오셨기 때문에 지금 그것들을 바꾸면 안 돼요. 그건 분명히 아버지 자신을 헛되이 괴롭히는 일이 될 거예요."

"네, 맞아요."

노인의 조카딸이 말했다.

"빈곤하고 건강이 나빠지고, 그리고 불평이 많아져서 전보다 더 죄짓게 되실 거예요. 신은 자비로우시니까 모든 죄인을 용서하실 거예요. 숙부님처럼 나이 든 사람은 말할 것도 없고요!"

"맞소, 당신이 그럴 필요는 없어요."

동년배의 다른 노인이 덧붙여 말했다.

"당신과 나는 어쩌면 살날이 단 며칠밖에 안 남았을 수도 있는데, 왜 굳이 새 삶을 시작해야 하나요?"

"참으로 이상한 일이군요!"

지금까지 침묵하고 있던 손님들 중 한 사람이 외쳤다.

"정말로 이상하군요! 우리는 지금 신이 우리에게 명하신 대로 사는 게 좋겠다고 말하고, 우리가 신의 뜻에 옳지 않게 살아가고 있으며, 육신과 영혼이 고통스럽다고 말합니다. 하지만 정작 우리가 행할 일에 관해서라면, 우리 아이들은 혼란스러워서 안 되며, 신의 뜻에 따르는 방식이 아니라 원래의 방식으로 성장해야 합니다.

그리고 결혼한 남자는 처자식을 혼란에 빠뜨려서는 안 되며, 신의 뜻에 순종하는 방식이 아니라 원래의 방식대로 살아야 합니다.

또한 노인들은 새로운 것에 익숙하지도 않을뿐더러 앞으로 살날이 얼마 남지 않았으니까 아무것도 시작할 필요가 없어요. 따라서 우리 중에서는 올바르게 살 사람이 아무도 없는 것 같군요. 우리는 단지 그것에 대해서만 이야기할 뿐이니까요."

무도회가 끝난 뒤

"…… 한마디로 자네는 사람들이 스스로 선악의 정의를 깨달을 수 없다고 생각하는군. 즉 문제는 환경, 다시 말해서 환경이 인간을 파멸로 이끄는 원인이라고 여기는군. 하지만 나는 그런 것이 단순히 우연일 뿐이라고 믿고 있어. 내 경우를 예로 들어 볼게."

사람의 성격이란 우리가 살고 있는 환경이 변하지 않는 한 바꿀 수 없다는 열띤 대화가 끝나고 나서 우리의 자랑스러운 친구 이반 바실리예비치가 말했다. 그러나 선악을 스스로의 힘으로 깨달을 수 있다고 똑 부러지게 말한 사람은 없었다.

다만, 이반 바실리예비치는 대화 도중에 자신의 머릿속에서 떠오른 생각을 그런 방식으로 정리하거나, 살아오면서 자신이 직접 경험한 것을 이야기하면서 그런 생각을 분명히 하는 버릇

이 있었다. 그는 이야기를 하다가 왜 자기가 그런 이야기를 꺼냈는지 가끔씩 망각하기도 했지만, 항상 신중하고 감동적인 자세로 말하곤 했다. 그는 그날도 마찬가지였다.

"내 경우로 예를 들어 볼게. 내 삶은 환경보다는 완전히 다른 것 때문에 변화되었지."

우리가 물었다.

"그게 뭔데?"

"말하기 시작하면 길어질 거야. 자네들을 이해시키려면 꽤 많은 것을 이야기해야 하니까."

"좋아, 해 봐."

이반 바실리예비치는 잠시 생각에 잠기더니 고개를 저으며 말했다.

"내 인생은 단 하룻밤, 아니 하루아침에 바뀌어 버렸지."

우리 중 하나가 물었다.

"왜? 무슨 일 때문에?"

"깊은 사랑에 빠졌기 때문이지. 물론 예전에도 몇 번 사랑에 빠져 본 적이 있지만 그때는 정말 심각했어. 이미 지나간 일일 뿐이지만. 그녀에게는 지금 결혼한 딸도 있지. 그녀의 이름은 바린카 브……."

이반 바실리예비치는 성만을 언급했다.

"지금은 오십 대가 됐지만 여전히 눈부시게 아름답지. 젊었을 때, 그러니까 열여덟 살 때에는 정말 뭐라고 형언할 수조차 없었지. 훤칠한 키, 날씬한 몸매, 우아하고 품위까지 갖췄지. 그래, 품위라는 표현이 적당해.

그녀는 항상 허리를 세우고 똑바른 자세를 하고 있었어. 그러니까 본능처럼 말이야. 꼿꼿이 세운 머리와 아름다운 용모는 훤칠한 키에 어울려 마치 여왕 같은 분위기를 풍겼지. 호리호리한 몸매, 아니, 말랐다는 표현이 더 적합한 거 같아. 그런 몸매는 문제가 되지 않았어. 언제나 즐겁고 온화해 보이던 미소, 매혹적인 눈빛, 젊음에서 뿜어져 나오는 정겨움이 없었더라면, 정말 나는 일찌감치 포기하고 말았을 거야."

"이반 바실리예비치, 우리의 넋을 잃게 만드는 묘사로군!"

"묘사? 그래, 바로 그거야! 솔직히 내게는 자네들이 그녀를 제대로 평가할 만큼 묘사할 능력이 없어. 하지만 그건 중요하지 않아. 지금 내가 자네들에게 얘기하려는 것은 40년 전 일이야. 그때 나는 지방 대학에 다니고 있었어. 지금 생각해 보면 좋을 것일 수도 있고 아닐 수도 있지만, 당시 우리 대학에는 정치나 이념과 관련된 동아리가 없었어.

당시 우리는 젊었고, 젊은이답게 시간을 보냈지. 공부도 하고 놀기도 하면서. 그땐 나도 쾌활하고, 생기 넘치고, 걱정이라곤 없었어. 게다가 돈도 부족하지 않았고 말이야. 잘생긴 말도 가지고 있었고, 아가씨들과 썰매를 타러 다니기도 했어. 그때만 해도 스케이트는 유행이 아니었지. 친구들이랑 술잔치도 벌였어. 나는 당시 학생들이 좋아하던 보드카는 절대 안 마셨고, 샴페인만 마셨어. 저녁 파티나 무도회는 내가 가장 즐겨 찾던 오락거리였지. 나는 춤도 꽤 추었고 그렇게 못생긴 얼굴도 아니잖아."

이반 바실리예비치 옆에 앉아 있던 부인이 끼어들었다.

"그렇게 겸손해하지 않아도 돼요. 당신 사진을 본 적이 있는데 못생겼다니요! 상당히 풍채가 좋던데요."

"풍채가 좋다? 그건 중요하지 않아. 그녀를 향한 내 감정이 최고조에 이르던 축제 마지막 날, 나는 어느 지방 귀족의 무도회에 참석했지. 성격이 정말 좋은 노인이었는데, 부자이면서도 너그러웠어. 황실 고관을 지내셨던 분이었어. 그분의 부인도 남편에 버금갈 정도로 좋은 분이었어. 그날 손님들은 모두 부인의 환대를 받았지.

부인은 자갈색 벨벳 드레스에, 다이아몬드가 박힌 왕관을 쓰고 있었지. 약간 살이 오른 어깨와 가슴이 피터 대제의 딸인 엘리자베스 여왕의 초상화처럼 거의 드러나고 있었어. 정말 즐거운 무도회이면서 멋진 밤이었지. 음악을 사랑하는 한 지주는 당시에 꽤 유명했던 오케스트라를 위한 특별석까지 마련했어. 그 오케스트라는 자신의 농노들로 구성되어 있었지.

음식도 훌륭했고 샴페인은 강물처럼 넘쳐흘렀지. 내가 샴페인을 좋아했지만 그날 밤에는 마시지 않았어. 사랑으로 잔뜩 취해 있었거든. 나는 왈츠와 폴카를 추면서 바린카와 춤출 기회를 엿보고 있었어. 바린카는 분홍색 장식용 띠가 달린 하얀 드레스를 입고, 하얀 신을 신고, 하얀 염소 가죽 장갑을 끼고 있었어.

장갑은 뾰족한 팔꿈치까지는 올라오지는 않았어. 아니시모프라는 얄미운 기술자 녀석이 그녀와 마주르카를 출 기회를 잃어버렸어. 지금도 난 그 녀석을 용서할 수 없어. 그녀가 무도회장에 들어서자마자 춤을 청했기 때문이야. 그래서 그녀와 마주르카를 출 수 없었어. 하지만 이전부터 점찍어 놓은 독일 아가씨와 춤을 췄지.

그날 저녁 내가 그녀에게 무례한 행동을 했는지는 모르겠어. 그녀에게 거의 말도 걸지 않고 눈길도 주지 않았거든. 나에게는 분홍색 장식을 단 새하얀 드레스 속 훤칠하고 늘씬한 아가씨만 보였으니까. 선홍빛이 감돌고 보조개가 팬 얼굴, 온화하고 다정한 눈동자. 그것만으로도 나는 외롭지 않았어. 남자는 말할 것도 없고 여자까지 모두가 그녀를 바라보았어. 그녀는 단연 눈에 띄었어. 그녀를 좋아하지 않을 수가 없었다고.

내가 처음부터 그녀의 마주르카 파트너로 정식 지목된 것은 아니었지만, 그날 무도회에서 나는 마주르카 곡이 연주되는 내내 당연하듯 그녀를 독차지했어. 그녀는 대담하게 무도회장을 가로질러 내 쪽으로 왔지. 꼭 나를 선택할 것 같은 기분이 들었어. 나는 선택받을 때까지 기다리지 못하고 그녀를 향해 단숨에 뛰어갔지. 그녀는 내 직관을 미소로 답해 주는 것 같았어.

내가 다른 남자와 그녀에게 다가가자, 그녀는 잘못 생각했는지 내가 아닌 다른 남자의 손을 잡고는 내게 아쉽다는 미소만 지어 보이고 가냘픈 어깨를 살짝 낮추며 인사했어. 하지만 왈츠 풍의 마주르카 곡이 흘러나올 때마다 나는 그녀와 오랫동안 왈츠를 추었지. 그녀는 가쁜 숨을 몰아쉬고 미소를 지어 보이며, '다시 한 번'이라고 말했지. 나는 계속해서 왈츠를 추었어. 육체라는 존재를 의식할 수도 없었어."

한 청년이 참견하고 나섰다.

"저런! 당신 팔이 그녀의 허리를 감싸고 있었을 텐데, 과연 육체를 의식하지 않았을까요? 틀림없이 당신의 존재와 함께 그녀의 육체까지 의식하고 있었을 거예요."

이반 바실리예비치의 목소리가 커졌다. 화가 난 듯 보였다.

"요즘 젊은이라면 그랬겠지. 현대인이라고 자처하는 사람이라면! 요즘 젊은이들은 육체 이외에는 아무것에도 관심이 없더군. 우리 때는 달랐어. 그녀를 사랑하면 할수록 나에게는 그녀가 육욕의 대상이 되지 않았어. 요즘 젊은이들은 다리를 섞는다고 말하지?

나는 그게 뭔지 잘 모르겠네. 자네들은 사랑하는 여인의 옷을 벗기지만, 나는 훌륭한 작가인 알폰스 카르가 말한 대로 '내가 사랑했던 사람은 언제나 청동으로 만든 옷을 입고 있었다'는 표현이 더 적절해. 우리는 절대로 그런 생각을 해 본 적이 없었어. 노아의 착한 아들이 그랬듯이 그녀의 알몸을 가려 주고 싶었어. 자네들은 이해 못 하겠지."

또 다른 젊은이가 말했다.

"저 친구 말에 신경 쓰지 마시고, 계속 이야기해 주세요."

"나는 거의 그녀하고만 춤을 췄어. 얼마나 많은 시간이 흘렀는지도 몰랐어. 오케스트라도 마주르카 곡을 계속 연주하느라 완전히 지쳐 보였어. 자네들도 무도회가 끝날 때쯤이면 어떤지 잘 알잖아. 어른들은 카드 테이블에서 일어나 응접실에서 야참이 나오기를 기다리고, 하인들은 이리저리 뛰어다니며 먹을 것을 준비하지. 그때가 아마 거의 새벽 3시였을 거야.

나는 마지막까지 헛되이 보낼 수 없었어. 나는 마주르카 곡에 또다시 그녀를 파트너로 택했어. 우리는 지치도록 무도회장을 휩쓸며 춤추었지. 춤이 끝나고 나는 그녀를 자리로 데려다 주며 말했어. '야참이 끝난 후 카드리유*에서도 파트너가 되어 주십시오.' 그녀가 미소를 잃지 않으며 대답했어. '물론이에요, 집에 돌아가지 않는다면.' '당신을 포기할 순 없어요.' 그녀가 대

---

* 남녀 네 명이 서로 마주보며 추는 춤

답했지. '어쨌든 제 부채를 집어 주시겠습니까?' 나는 싸구려로 보이는 하얀 부채를 그녀에게 건네주며 말했어. '안타깝지만 이걸 버리고 싶네요.' '당신을 위로해 줄 것이 있지요.' 이렇게 말하며 그녀는 부채에서 깃털 하나를 뽑아내어 내게 주었지.

  나는 그 깃털을 받았어. 그때의 황홀감과 고마운 마음을 눈으로밖에 표현할 수 없었어. 정말이지 나는 말할 수 없이 기뻤지. 한없이 행복하고 즐거웠어. 죽을 만큼 좋았지. 나 자신이 아닌 것 같았어. 이 세상에 서 있지 않는 기분이 들 정도였어. 불길한 생각은 전혀 들지 않았어. 나는 깃털을 장갑 속에 숨겼지. 그녀에게서 한 걸음도 떨어지고 싶지 않았어.

  그때 그녀는 훤칠하고 근엄한 풍채를 가진 그녀의 아버지를 가리키며 말했어. '저기 좀 보세요. 사람들이 아버지께 춤을 추라고 재촉하고 있군요.' 그녀의 아버지는 연대장이었는데 은빛 견장을 자랑하고 있었어. 무도회장으로 들어서는 입구에서 몇몇 부인들과 어울려 서 있었어. 그때 여주인, 아까 말한 엘리자베스 여왕처럼 어깨를 드러내고 다이아몬드 왕관을 쓴 부인이 외치며 그녀를 불렀어. '바린카, 이리 오거라!' 바린카는 출입구 쪽으로 달려갔어. 당연히 나도 따라갔지. 부인이 연대장을 가리키며 그녀에게 말했어. '바린카, 네 아버지가 마주르카를 추는 모습을 보고 싶구나. 설득 좀 해 보렴. 피터 발디슬라보비치, 제발 부탁 좀 들어줘요.'

바렌카의 아버지는 정말 잘생긴 분이셨어. 나이에 비해 어려 보였고, 얼굴빛도 좋았어. 하얀 구레나룻이 콧수염까지 이어져 있어서인지 니콜라스 1세가 떠오르더라고. 곱게 빗어 넘긴 머리카락이 이마를 가렸고 입술과 눈가의 밝은 미소는 딸과 매우 닮았지. 체격도 정말 좋았어. 군인다운 넓은 가슴을 가졌고, 그 가슴에 달린 훈장은 눈부시게 번쩍거렸지. 강인해 보이는 어깨와 곧게 뻗은 다리는 니콜라스 1세가 공들여 키워 놓은 모범적인 군인의 모습이었어.

우리가 출입구로 갔을 때에도 그녀의 아버지는 스텝을 잊어버렸다며 춤추기를 거절하고 계셨어. 하지만 그녀의 아버지는 우리를 보자마자 밝게 웃으시고, 오른팔을 왼쪽 허리춤으로 우아하게 돌리며 칼집에서 칼을 꺼내 옆에서 재촉하던 젊은이에게 넘겨주고, 오른손에 끼고 있던 스웨이드 장갑*을 매만지셨어.

그리고 미소를 지으며 말씀하셨어. '모든 것은 규칙에 따르기 마련이지.' 그는 딸의 손을 잡고 4분의 1 정도 돌아서서 음악이 나오기를 기다렸어. 마주르카 곡이 시작하자 그는 한쪽 발을 힘차게 구르더니, 다른 발을 앞으로 내밀었어. 처음에는 천천히 매끄럽게 시작되었다가, 점차 발 구르는 소리와 부츠가 맞부딪

---

* 겉면은 새끼 양 또는 새끼 소의 속가죽으로 부드럽게 부풀리고 안면에는 털이 달린 장갑

치는 소리가 점점 힘차고 격렬하게 바뀌어 갔어. 훤칠하고 위엄 있는 그의 풍채가 방 이곳저곳을 휩쓸고 다녔어.

바린카도 짧고 긴 스텝을 밟으며 아버지의 움직임에 따라 우아한 몸짓을 보여 주었지. 그때 나는 주단 덧신 속에 감추어진 그녀의 앙증맞은 발을 보았어. 두 부녀의 춤에 무도회장의 모든 사람이 매료되어 있었어. 나도 그들을 부러우면서도 황홀한 기분으로 바라보았지. 특히 노신사의 부츠에 깊은 감명을 받았어. 요즘 유행하는 것처럼 앞이 뾰족하지 않았고 싼 가죽으로 만든 것으로 앞이 뭉툭했어. 연대 수선공이 만든 것이 틀림없었을 거야. 딸이 무도회에 입을 드레스를 사 주기 위해 유행하는 부츠를 사기보다는 수선공을 시켜 만들었을 거야. 앞이 뭉툭한 부츠가 나에게 너무나도 깊은 감동을 주었던 거야.

그가 춤추는 걸 보니 아마도 젊었을 때에는 솜씨가 상당했을 것 같아. 하지만 그때는 몸이 많이 무거워 보였고, 우아하게 내딛으려는 스텝에는 힘도 부족해 보였어. 그래도 온 힘을 다해 무도회장을 두 번씩이나 돌아 내는 집념을 보였지. 춤이 끝났을 때에는 벌리고 있던 두 다리를 갑자기 딱 소리가 나도록 부딪치더니 한쪽 무릎을 꿇었어. 조금은 힘들어 보였어. 그러자 딸은 살짝 미소를 지으며 치맛자락 끝을 살짝 잡고 아버지 주위를 우아하게 한 바퀴 돌았지.

사람들의 박수 소리가 무도회장에서 울려 퍼졌어. 연대장은 힘들게 몸을 일으키고는 두 손으로 딸의 얼굴을 감싸주었어. 연대장은 딸의 이마에 입맞춤하고 나서 나에게 그녀를 넘겨주더라고. 마주르카에선 그녀의 파트너가 나라는 뜻으로 받아들였지.

하지만 나는 그 뜻을 사양했어. 그러자 그가 칼을 다시 칼집 속에 넣더니 자상한 미소를 지으며 말씀하셨어. '걱정할 것 없네. 어서 내 딸과 춤추게.' 첫 물방울이 흘러나오면 병 전체의 나머지 내용물도 쉽게 흘러나오는 법이지. 바린카를 향한 내 사랑이, 내 몸속에 숨어 있던 사랑의 힘을 완전히 풀어놓은 것 같았어.

그 사랑이 그녀 주위를 맴돌면서 온 세상을 껴안는 것 같았어. 엘리자베스 여왕처럼 다이아몬드 왕관을 쓰고 어깨를 드러낸 여주인과 그녀의 남편, 그리고 무도회장에 있던 모든 손님과 하인들, 심지어는 내 기분을 더럽힌 아니시모프까지도 좋아졌어.

군에서 만든 부츠를 신고 딸과 똑같은 웃음을 지닌 바린카의 아버지에게도 다정함이 느껴졌어. 황홀함에 가까웠지. 야참이 끝난 다음 나는 약속한 대로 그녀와 카드리유를 추었어. 이미 행복함을 느끼고 있었는데, 매 순간 행복이 더해지는 기분이 들었지. 우리는 서로 사랑에 대해 말하지는 않았어. 그녀도 나도 서로를 사랑하는지 확인해 보지 않았어. 내가 그녀를 사랑

한다는 것만으로 충분했거든. 다만, 두려운 게 하나 있었어. 뭔가 나의 크나큰 기쁨을 방해할지도 모른다는 두려움이었지.

나는 집에 돌아와서 자야 했으니까 옷을 벗었어. 고민할 이유가 아무것도 없었어. 그녀가 부채에서 뽑아 준 깃털이 내 손에 있었고, 그녀가 어머니를 따라 마차에 오르기 위해 내가 부축해 주었을 때 그녀가 슬쩍 건네준 장갑도 있었으니까.

나는 가만히 그 물건들을 바라보고 있었지. 눈을 감지 않아도 그녀가 내 앞에 있는 것 같았어. 파트너를 선택하러 내게 다가오던 그녀의 모습이었어. 그녀는 내가 어떤 사람인지 상상하는 것 같았어. 그녀가 달콤한 목소리로 내게 '자부심으로 가득 찬 남자, 맞죠?'라고 말하는 것 같았지. 그리고 그녀는 해맑은 미소를 지으며 내게 손을 내밀었어.

야참 시간이 끝나고 나서 그녀는 내 샴페인 잔을 빼앗더니 유리잔 너머에 있는 나를 은은한 눈빛으로 바라보며 샴페인을 마셨지. 손님들은 아버지와 함께 미끄러지듯 춤추던 그녀를 부러워했고, 나는 그녀가 자부심과 행복에 겨워 그들을 바라보던 모습에서 순수함을 찾아볼 수 있었지. 두 부녀는 내 마음속에서 하나가 되어 물밀듯 한 감동을 안겨 주었어.

그때 나는 이제는 고인이 된 형과 함께 살고 있었지. 형은 외출하는 것을 좋아하진 않았어. 더군다나 무도회에는 단 한 번도 가 본 적이 없었지. 게다가 대학에서 마지막 시험을 준비하느라 바빴고, 매우 규칙적인 생활을 하고 있었어. 그때 자고 있는 형을 바라보았지. 얼굴을 베개에 묻고 이불로 얼굴을 반쯤 덮은 모습이었어. 갑자기 형이 불쌍하다는 생각이 들었어. 내가 누리고 있던 말할 수 없는 행복을 형은 모르잖아.

하인 페트루샤가 양초를 들고 내게 왔어. 내 옷을 벗기러 온 것 같은데 그냥 내보냈어. 졸린 얼굴에 헝클어진 머리카락이 나로 하여금 측은한 마음을 들게 했거든. 나는 소리를 내지 않으려고 발끝으로 살금살금 걸으면서 내 방으로 건너가 침대에 걸터앉았어. 나는 행복해서 잠을 잘 수가 없었어. 게다가 방이 너무 더웠어. 다시 외투를 입고 현관문을 열고 밖으로 나갔지. 무도회장에서 나왔을 때가 거의 4시쯤이었고, 거기에 집으로 돌아가서 두 시간 정도는 머문 것 같았어. 그래서인지 다시 밖으로 나왔을 때에는 동틀 준비를 하고 있었어. 전형적인 축제 날의 날씨였어. 짙은 안개가 꼈지. 물을 먹은 도로는 녹기 시작해 질퍽거렸고, 잎사귀에서는 물방울이 맺혀 있었어.

바린카 가족은 넓은 들판이 있는 외곽 지역에 살고 있었어. 들판 한쪽에는 운동장이 있었고, 반대쪽에는 여학생 기숙사가 있었지.

나는 아무도 없는 좁은 길을 따라 계속 걸었어. 마침내 큰길이 나타나더군. 도중에 나처럼 무작정 걷는 사람도 보았고, 나무가 가득 실린 썰매를 보기도 했지. 썰매는 길바닥에 깊은 자국을 남기며 달렸어. 말들도 마구를 번쩍이며 일정한 보폭으로 힘차게 달려 나갔어.

등은 밀짚 덮개로 가리고 있었지만 갈기는 비에 젖은 것 같았어. 마부들은 큰 장화를 신어서 진흙을 썰매에 튀기면서도 박차를 가했어. 그래도 자기 일에 집중하고 있는 말들의 모습은 내게 무척이나 자극적이고 매력적으로 다가왔어.

그녀의 집이 있던 들판 근처에 이르자 운동장 쪽의 들판 끝에 엄청나게 크고 검은 물체가 보이더군. 거기서 군악대 소리가 들려오는 것 같았어. 그 소리가 내 가슴에 가득 차는 느낌이 들었어. 머릿속에는 마주르카 곡이 맴돌았어. 하지만 매우 조잡한 연주였어. 갑자기 기분까지 나빠졌지.

그때 나는 '이 소리는 대체 뭐지? 하는 의문이 생겼어. 군악대 소리가 나는 곳을 향해 들판 한가운데로 미끄러운 길을 피해 걸어갔어. 백 보쯤 걸었더니 안개 속 검은 물체가 무엇인지 구별할 수 있었어. 군인들이 모여 있더군. 훈련을 받고 있는 것 같았어. 나는 그 방향으로 계속 걸었어. 앞에는 지저분한 외투를 입고 허리에 앞치마를 두른 대장장이가 걸어가고 있었어. 뭔가를 잔뜩 짊어지고 있더라고.

때마침 군인들이 뚜렷이 보였어. 군인들은 총을 내려놓고 서로 얼굴을 마주 보며 두 열로 서 있었지. 완전히 부동자세더군. 그들 뒤에는 군악대가 도열해서 듣기 싫은 음악을 계속 울려 대고 있었지. 내 곁에 멈추어 서 있던 대장장이에게 '지금 뭐하는 거예요?'라고 물었지. 대장장이는 화난 말투로 대답했어. '타타르인 하나가 탈영을 시도했다는 죄로 집단 구타를 당하고 있는 중이오.' 그의 눈은 대열 끝을 향해 있었어. 그래서 나도 그쪽을 보았지. 대열 사이로 흉측하게 생긴 뭔가가 이쪽으로 오는 것이 보였어.

그건 바로 사람이었어. 그의 상체 쪽은 발가벗겨져 있었고, 두 군인은 총 끝에 밧줄을 연결해 그를 꽁꽁 묶어 몰아세우고 있었어. 그 옆에는 외투를 입고 모자를 쓴 장교가 걸어오고 있더군. 그 장교의 모습이 매우 낯익어 보였어. 죄수는 양쪽에서 비가 내리듯 쏟아지는 주먹질을 받으며 앞으로 기어 왔어. 온몸이 피범벅이었고, 두 다리는 눈밭에서 질질 끌리고 있었지.

그때 그가 뒤로 나뒹굴었고, 그를 몰아세우던 두 군인이 앞쪽으로 밀어내더니 다시 앞으로 나뒹굴더군. 두 군인은 그를 일으켜 세웠어. 그 옆에는 키가 큰 장교가 똑같은 자세로 따라 오고 있었지. 강렬하면서도 신경질적인 보폭이었어. 바로 바린카의 아버지였어. 불그스레한 얼굴과 하얀 콧수염으로 금방 알아보았지. 죄수가 한쪽에서 주먹질을 받으면 놀란 듯이 그 반대 방향으로 얼굴을 돌리고 고통스러워했지. 하얀 이를 드러내며 계속 무언가를 말하려고 했어. 하지만 뭐라고 말하는지 그가 아주 가까이 와서야 알 수 있었지.

그건 그냥 말이 아니었어. 흐느낌이었어. '형제들이여, 나에게 인정을 베풀어 줘! 형제들이여, 나에게 인정을 베풀어 줘!' 그러나 형제들은 인정사정없었어. 행렬이 나에게 가까이 왔을 때, 내 맞은편에 서 있던 군인이 한쪽 발을 앞으로 힘차게 내딛으며 휙 소리가 나도록 몽둥이를 들어 올리더니 죄수의 등을 힘껏 내리쳤어.

죄수는 앞으로 나뒹굴었어. 하지만 두 군인이 그를 다시 짐짝처럼 일으켜 세우더니 반대 방향에서 또다시 몽둥이가 날아왔어. 그리고 여기저기서 몽둥이질이 시작되었지.

연대장은 죄수의 곁을 떠나지 않았어. 연대장은 한참 동안 자기 발끝을 쳐다보더니 숨을 크게 들이쉰 다음에 죄수의 얼굴에 침을 뱉었어. 그리고 또다시 죄수의 통통 부어오른 입술에도 침을 뱉어 댔어.

그들이 내가 서 있던 곳을 지나갈 때 나는 대열 사이에서 집단 구타를 당하고 있던 죄수의 등을 잠깐 볼 수 있었는데, 인간의 몸이라 믿을 수 없을 정도로 붉은 피와 푸른 멍으로 뒤덮여 있었어. 대장장이도 하나님을 찾으며 투덜대더군. 어쨌든 행렬은 내게서 점점 멀어져 갔어. 하지만 빗발치는 구타는 계속되었고, 죄수는 몸부림치며 괴로워했어. 피리 소리는 내 피를 얼어붙게 했고, 북소리는 내 심장을 두근거리게 만들었어. 죄수를 따라 움직이는 연대장의 모습은 여전히 위엄으로 가득했지.

그때 갑자기 연대장이 발걸음을 멈추더니 대열 속 죄수를 향해 재빠르게 걸어가더군. 그의 노기에 찬 목소리가 들렸어. '너희에게 부드럽게 때리는 방법을 가르쳐 주도록 하겠다. 이런 식으로 애무나 해 댈 건가?' 그리고 스웨이드 가죽 장갑을 낀 그의 강한 주먹은 두려움으로 하얗게 질려 버린 어느 군인을 강타했어. 그 군인이 타타르인 죄수의 붉은 목을 몽둥이로 강하게 내려치지 않았기 때문이었지.

연대장은 '새 몽둥이를 가져와!'라고 소리치고는, 주위를 둘러보다 나와 눈이 딱 마주쳤지. 그는 나를 알아보지 못한 척하려는지 화가 나고 찌푸린 얼굴을 황급히 돌려 버리더군. 나도 많이 부끄러웠어. 어디를 보고 있어야 할지 모르겠더군. 마치 불순한 짓을 하다가 들킨 것 같았어. 나는 땅만 쳐다보며 재빨리 집으로 돌아왔어. 북소리와 피리 소리가 길을 걷는 중에도 계속 들리는 것 같았어.

'형제들이여, 나에게 인정을 베풀어 줘!' '이런 식으로 애무나 해 댈 건가?'라는 소리가 뇌리를 맴돌았어. 속이 메스꺼워져서 구역질이 나올 것 같았어. 실제로 집으로 돌아오는 도중에도 구역질이 올라오는 느낌 때문에 몇 번이나 쉬어야 했어. 어떻게 집에 와 내 방으로 들어갔는지도 잘 모르겠어. 하지만 막 잠들려는 순간 그 소리가 다시 들리는 것 같았고, 그 장면이 다시 보이는 것 같았어. 그리고 벌떡 일어났지. 그때 나는 연대장에 대해 생각해 보았어.

'그는 내가 모르고 있는 것을 알고 있는 거야. 나도 그가 알고 있는 것을 알게 된다면, 조금 전 내가 보았던 그 끔찍한 장면을 이해할 수 있을 거야. 그러면 이렇게 고통스럽지도 않게 되겠지' 하지만 아무리 생각해 보아도, 나는 연대장이 아는 것을 이해할 수 없었어.

나는 그날 저녁에 겨우 잠들었고, 깨어나자마자 친구를 찾아가 취할 만큼 술을 마셨어. 자네들은 내가 그때의 행위를 악이라고 결론지었다고 생각하나? 천만의 말씀이야. 그 행위는 어떤 확신 아래에 행해진 거야. 그들은 어쩔 수 없다고 생각했던 거야.

내가 알 수 없는 무언가를 그들은 알고 있었어. 그래서 나는 몇 번이고 그들을 이해해 보려고 했지. 하지만 이룬 건 없어. 나는 단지 그때도 지금도 이해하지 못할 뿐이야. 그 행위를 도저히 이해할 수 없었어. 그래서 나는 그렇게도 바라던 관료직을 포기했어. 단순히 병역만을 의미하는 것은 아니야. 행정직 자리마저도 포기해 버렸어. 그래서 자네들도 지금 보다시피, 나는 전혀 쓸모없는 인간이 되어 버렸어."

우리 중에 한 친구가 말했다.

"그래, 자네가 쓸모없는 인간이라는 건 우리도 이미 알고 있어. 그런데 자네가 그렇다면 쓸모 있는 사람이 얼마나 많다고

할 수 있을까?"

이반 바실리예비치는 정말로 난처한 듯 말했다.

"말도 안 되는 소리야."

"어쨌든 사랑 이야기의 결론은 어떻게 되었나?"

"내 사랑? 그날 이후로 바린카에 대한 내 사랑도 식어 버렸어. 지금도 가끔씩 그녀가 꿈이나 상상 속에 나타나기는 했지만, 그때마다 나는 연병장에서 보았던 그녀의 아버지가 떠올랐지. 그러면 어색하고 불편해져서 그녀를 만날 기회조차 가지지 않으려고 애썼어. 그렇게 내 사랑은 실패로 끝나 버렸어."

그리고 그는 결론짓듯 말했다.

"맞아, 그런 행운은 우연히 찾아와 한 사람의 삶 전체를 변화시키고, 인생의 방향을 바꿀 수 있어."

세 은사

"너희는 기도할 때에 이방인들처럼 빈말을 되풀이하지 마라. 그들은 말을 많이 해야만 하나님께서 들어주시는 줄 안다. 그러니 그들을 본받지 마라. 너희의 아버지께서는 구하기도 전에 벌써 너희에게 필요한 것을 알고 계신다."

-마태복음, 6장 7~8절

한 주교가 배를 타고 아르항겔스크 시에서 솔로베츠키 수도원으로 항해하고 있었다. 그 배에는 성지를 방문하려는 순례자들이 타고 있었다. 바람도 잔잔하고 날씨도 맑아 항해는 순조로웠다. 순례자들은 누워 있거나 음식을 먹으며 함께 모여 이야기를 주고받았다.

주교도 갑판 쪽으로 나가 주위를 거닐다가 뱃머리 근처로 가 보았다. 그곳에는 사람들이 모여 한 어부의 말에 귀를 기울이고 있었다. 어부는 바다 한쪽을 가리키며 무슨 말인가 하고 있었다. 주교는 걸음을 멈추고 어부가 가리키는 방향을 바라보았지만 햇빛에 반짝이는 바다만 보일 뿐 아무것도 없었다.

주교는 어부의 말에 귀를 기울이려고 했다. 그러나 어부는 그를 보자 모자를 벗고 고개를 숙여 인사만 할 뿐 입을 다물었다. 다른 사람들도 주교를 보고서 모자를 벗고 인사했다. 그러자 주교가 말했다.

"여러분 제게 신경 쓰지 마시고 계속 이야기하세요. 나도 이 분의 이야기를 들으려고 온 것뿐입니다."

"실은 이 어부가 우리에게 은사들에 대한 이야기를 들려주고 있었습니다."

한 상인이 용기 내어 말했다.

"어떤 은사 말인가요?"

뱃전 쪽으로 가서 상자 위에 앉으며 주교가 말했다.

"저도 들어 보고 싶군요. 좀 전에 가리킨 것이 무엇입니까?"

"그러니까, 저기 작은 섬이 보이지요?"

설명하던 어부가 오른쪽 앞을 가리키며 말했다.

"저곳은 은사들이 자신의 영혼을 구제하기 위해 수도하고 있는 섬입니다."

"섬이라니요? 제게는 아무것도 보이지 않는군요?"

주교가 말했다.

"제가 가리키는 쪽을 따라가면 보입니다. 저기 작은 구름 왼편 아래쪽으로 희미한 선이 바로 그 섬입니다."

주교는 자세히 살펴보았지만 바다에 익숙하지 않을뿐더러 햇빛에 바닷물만 반짝거렸고 아무것도 볼 수 없었다.

"내 눈에는 안 보입니다만 저 섬에 산다는 은사들은 누구입니까?"

주교가 물었다.

"하나님 같은 분들이지요. 그분들에 대한 얘기는 오래전부터 들어왔지만, 직접 본 것은 재작년 여름이었습니다."

어부가 대답했다.

어부는 어느 날 고기잡이 나갔다가 풍랑에 휩쓸려 그 섬에 좌초되어 자신이 어디에 있는지도 몰랐던 때에 대해 이야기했다. 그는 이른 아침부터 섬 여기저기를 헤매다가 우연히 한 오두막집을 발견했고 그 옆에 서 있는 노인을 만났다. 잠시 후 두 노인이 더 나타났다. 그들은 그에게 먹을 것을 주고 젖은 물건들을 말려 주었으며 배 고치는 일을 도와주었다.

"어떻게 생긴 사람들이던가요?"

주교가 물었다.

"한 분은 키가 작고 등이 굽은 노인이었는데, 수도복을 입고 있었고 굉장히 늙어 보였죠. 백 살도 넘었을 거예요. 턱수염은 푸르스름했고 얼굴에 언제나 천사처럼 밝은 미소가 어려 있었습니다.

또 한 분은 그보다 키가 컸고, 역시 아주 나이 든 노인이었어요. 그 노인은 너덜너덜한 옷을 입고 있더군요. 누르스름한 회색빛의 턱수염은 길었고, 힘은 얼마나 센지 제가 미처 거들기도 전에 제 배를 마치 물통처럼 뒤집어 놓았지 뭡니까. 참 친절하고 쾌활한 분이었어요.

마지막 한 분은 키가 가장 큰 데다가, 눈처럼 새하얀 턱수염이 무릎까지 길게 내려왔고, 눈썹이 온통 눈을 뒤덮었어요. 그분은 맨몸이었고 단호해 보이는 사람이었어요. 거적때기만 허리춤에 두르고 다닐 뿐이었죠."

"그분들이 당신한테 무슨 말을 하던가요?"

주교가 물었다.

"거의 아무 말없이 일했어요. 서로에게도 말을 별로 안 하더군요. 한 사람이 눈짓을 보내면 다른 사람들은 무슨 뜻인지 그 사람의 속내를 모두 이해했어요. 키가 가장 큰 분에게 그곳에서 얼마나 오래 살았는지 물었어요. 그러자 그분은 인상을 찌푸리며 마치 화가 난 사람처럼 무어라 중얼거리는 것 같았습니다. 그런데 가장 나이 많은 노인이 그의 손을 잡고 웃어 보이자, 키가 큰 노인은 잠잠해지더군요. 가장 나이 많은 노인은 '미안

합니다'라고 하며 제게 미소만 지어 보였어요."

어부가 이야기하는 동안 배가 점점 섬 가까이 다가갔다.

"저기입니다. 자세히 보시면 이제 또렷이 보일 겁니다."

상인이 손가락으로 가리키며 말했다.

주교는 상인이 가리키는 쪽을 쳐다보았다. 정말 검은 띠가 하나 보였는데 그것이 바로 섬이었다. 섬을 한참 바라보던 주교는 뱃머리를 나와 배 뒤쪽에 있는 키잡이에게 다가가 물었다.

"저것은 무슨 섬입니까?"

"이름이 없는 섬입니다. 이 바다 근처에 저런 섬은 많아요."

남자가 대답했다.

"저 섬에 은사들이 자신들의 영혼을 구제하려고 살고 있다는데, 사실인가요?"

주교가 물었다.

"그런 말이 전해지고 있지만, 그게 사실인지 아닌지는 모르겠습니다. 어부들이 직접 봤다고 말합니다만, 그냥 해 대는 얘기여서 거짓일 수도 있겠죠."

"저 섬에 내려서 그분들을 보고 싶은데, 어떻게 하면 갈 수 있을까요?"

주교가 말했다.

"큰 배로는 섬 가까이 가지 못합니다만 작은 배를 타고 가면 될 겁니다. 선장한테 물어 보시죠."

키잡이가 말했다. 그래서 주교는 선장을 불러오게 했다.

"저 섬의 은사들을 만나고 싶습니다. 그곳까지 나를 데려다 줄 수 있겠소?"

선장은 주교를 섬에 가지 않게 하려고 애썼다.

"물론 갈 수야 있지만 그렇게 되면 우리가 많은 시간을 지체하게 됩니다. 이렇게 말씀드리긴 죄송하지만, 그렇게 하면서까지 그 노인들을 만날 가치는 없어 보입니다. 듣기로는 그들이 어리석은 노인네들이라고 합니다. 아무것도 모를 뿐만 아니라 물고기처럼 말 한마디 못한다더군요."

"하지만 그분들을 꼭 만나고 싶소. 선장님께서 지체하는 시간에 대한 수고비는 드리겠어요. 그러니 작은 배 한 척을 내어 나를 데려다 주시오."

선장은 주교의 부탁에 어쩔 수 없어 선원들에게 돛을 바꾸고 키잡이에게 배의 방향을 섬 쪽으로 돌리게 했다. 주교는 뱃머리 쪽에 자신을 위해 내온 의자에 앉아 앞을 바라보았다. 승객들도 모두 뱃머리로 모여들어 섬 쪽을 바라보았다. 눈이 좋은 사람들은 얼마 지나지 않아 섬에 있는 바위와 흙으로 지은 오두막집을 보았다. 어떤 사람들은 벌써 은사들의 모습을 발견했다.

선장은 망원경을 꺼내 섬을 살펴보고 주교에게 그것을 건네며 말했다.

"정말 확실해 보이는군요. 큰 바위 약간 오른편에 세 사람이

서 있어요."

주교는 건네받은 망원경을 조절하며 방향을 잡아 들여다보았다. 과연 세 사람이 분명히 보였다. 한 사람은 키가 크고, 다른 한 사람은 그보다 작고, 또 한 사람은 아주 작고 등이 굽었다. 그들은 해변에서 서로 손을 잡고 서 있었다.

선장이 주교를 향해 몸을 돌리고는 말했다.

"주교님, 이 배는 더 이상 가까이 갈 수 없으니 해변까지 가고 싶으시다면 작은 배를 타고 가셔야만 합니다. 우리는 여기에 정박해 있겠습니다."

선원들이 닻줄을 풀어 닻을 던진 후에 돛을 내렸다. 배가 멈추면서 흔들렸다. 작은 배 한 척이 내려지고 노 젓는 사람들이 작은 배에 뛰어내렸다. 주교도 사다리를 타고 내려갔다. 주교가 자리에 앉자, 노 젓는 사람들이 섬을 향해 빠르게 배를 움직였다.

섬에 아주 가까이 다가가자 세 노인이 서 있는 모습이 보였다. 허리춤에 거적때기만 두른 키 큰 노인, 등이 굽고 허름한 성직자복을 입은 아주 늙은 노인 그리고 중간키에 작고 낡아 빠진 옷을 입은 노인이었다. 세 사람은 함께 손을 잡고 서 있었다.

노를 젓는 사람들은 해변에 배를 대고 밧줄로 묶었다. 주교는 배에서 내렸다. 주교가 내리자 노인들은 그에게 고개를 숙여 인사했고, 주교는 그들에게 축복의 기도를 건네 주었다. 그러자 그들은 고개를 더 깊이 숙였다. 주교는 말하기 시작했다.

"나는 여러분이 여기에 살면서 자신의 영혼을 구하고 다른 사람들을 위해 주 그리스도께 기도하고 있다고 들었습니다. 그리스도의 보잘것없는 종인 저는 하나님의 은총으로 그분의 어린 양들을 돌보라는 부름을 받았습니다. 저는 하나님의 종인 여러분을 만나고 싶었고, 될 수 있다면 힘껏 여러분을 가르치고도 싶어 이렇게 찾아왔습니다."

노인들은 미소를 머금으면서 서로 바라보기만 했다. 그러자 주교가 말했다.

"여러분들은 영혼을 구하기 위해 어떻게 하는지, 그리고 이곳에서 하나님을 어떻게 섬기시는지 말씀해 주십시오."

중간 키의 은사가 한숨을 쉬며 가장 나이 많은 노인의 얼굴을 바라보았다. 키 큰 노인 역시 얼굴을 붉히며 가장 나이 많은 노인을 바라보았다. 그러자 가장 나이 많은 노인이 살며시 미소를 보이며 말했다.

"하나님의 종인 우리는 하나님을 섬기는 방법을 모릅니다. 그저 우리 자신을 섬기고 스스로를 부양할 뿐입니다."

"그렇다면 하나님께 어떻게 기도를 드립니까?"

주교가 물었다.

"우리는 이렇게 기도드립니다. '당신께서도 셋이시고 저희도 셋이오니 저희에게 자비를 베푸소서!'라고 말입니다."

가장 나이 많은 은사가 이렇게 말하자 세 은사는 모두 하늘을 올려다보며 이렇게 말했다.

"당신께서도 셋이시고 저희도 셋이오니 저희에게 자비를 베푸소서!"

주교가 미소를 지으며 말했다.

"세 분께서는 삼위일체에 대해 들어 보셨군요. 하지만 기도는 그렇게 하는 것이 아닙니다. 저는 하나님의 종인 여러분이 마음에 듭니다. 여러분이 하나님을 기쁘게 해 드리고 싶어 하는 마음은 알겠지만 여러분은 그분을 섬기는 방법을 알지 못하는 것 같습니다. 기도는 그렇게 하는 게 아닙니다. 제가 가르쳐 드릴 테니 잘 들어 보십시오. 지금 여러분에게 일러 드리는 것은 제 방식대로 지어낸 것이 아니라 성서에서 하나님이 모든 사람에게 이르신 말씀을 가르쳐 드리는 것뿐입니다."

주교는 하나님이 어떻게 사람들에게 나타나셨는지 설명하면서 성부, 성자, 성령에 대해서도 이야기했다.

"성자는 인간을 구원하기 위해서 이 땅에 내려오셨고 우리 모두에게 기도하는 방법을 알려 주셨습니다. 제가 외는 기도를 잘 듣고 따라해 보십시오."

주교는 말하기 시작했다.

"아버지시여!"

한 은사가 "아버지시여!"라고 따라 했다. 그러자 그 옆의 은사가 "아버지시여!"라고 말했고 나머지 은사도 똑같이 말했다.

"하늘에 계신 아버지시여."

주교가 계속해서 말했다.

"하늘에 계신 아버지시여."

왼쪽의 은사가 따라서 말했다. 그런데 중간 키의 은사는 말을 더듬거리며 제대로 따라 하지 못했고, 키 큰 은사도 마찬가지였다. 그는 콧수염이 입을 덮고 있었기 때문에 제대로 말하지 못하고 있었다. 가장 나이가 많은 은사도 알아들을 수 없게 웅얼거리기만 했다.

주교가 다시 되풀이해 말하자 늙은 은사들도 그를 따라서 말했다. 주교는 바위에 걸터앉았고 은사들은 주교 옆에 둘러서서 그의 입 모양을 들여다보며 그가 하는 말을 따라서 했다. 주교는 하루 종일 같은 말을 스무 번, 서른 번, 백 번 이상 되풀이 하면서 애를 썼고, 은사들은 그의 말을 따라 했다. 주교는 그들이 실수를 하면 고쳐 주면서 처음부터 다시 반복하게 했다.

주교는 은사들이 기도문을 잘 따라 하고 외울 수 있을 정도가 될 때까지 가르쳤다. 중간 키의 은사가 가장 먼저 잘 외웠다. 주교는 그에게 기도문을 반복해서 외우게 했고, 마침내 다른 두 은사들도 기도문을 모두 외우게 되었다.

어느덧 날이 어두워지고 달이 바다 위로 떠오르자 주교는 배로 돌아가기 위해 자리에서 일어났다. 주교가 작별 인사를 하자 세 노인은 머리가 땅에 닿을 정도로 몸을 굽혀 인사했다. 주교는 그들을 일으켜 세워 일일이 볼에 입을 맞춘 다음 자신이 가르친 대로 기도를 하라고 일러두었다. 그리고 작은 배에 올라타 큰 배 쪽으로 향했다.

주교가 작은 배를 타고 큰 배 쪽으로 오는 동안에도 세 은사가 큰 소리로 기도문을 외는 소리가 계속 들려왔다. 큰 배에 가까워지자 은사들의 목소리는 더 이상 들리지 않았지만, 달빛에 그들의 모습은 여전히 환해 보였다. 은사들은 주교가 떠나올 때 그대로 해변에 서 있었다. 키가 가장 작은 노인이 가운데, 가장 큰 노인이 오른쪽에 그리고 중간 키의 노인이 왼쪽에 있었다.

주교가 큰 배에 도착해 선상으로 오르자 선원들이 닻과 돛을 올렸다. 돛이 바람을 받으며 배가 앞으로 나갔다. 주교는 배의 뒤편으로 가 자리를 잡고 앉아 섬을 계속해서 쳐다보았다. 얼마 동안 은사들의 모습이 보였지만 이내 시야에서 벗어나 사라졌다. 섬은 여전히 보였지만 그 섬도 마침내 시야에서 사라지고 달빛 아래 바닷물만 눈에 어른거렸다.

순례자들은 잠이 들었고 갑판 위는 조용했다. 그러나 주교는 잠들지 않았다. 배 뒷전에 홀로 앉아 사라져 간 섬 쪽 바다를 바라보며 선량한 노인들을 생각하고 있었다.

그는 은사들이 기도문을 배워서 얼마나 기뻐할까 생각했다. 그래서 자신을 보내 그토록 경건한 노인들을 가르치고 돕게 하신 하나님께 감사드렸다.

주교는 잠시 생각에 잠긴 채 시야에서 사라진 섬 쪽을 바라보았다. 그런데 갑자기 물결 위에 비친 달빛이 여기저기서 반짝이며 일렁이기 시작하고 달빛 속의 빛기둥에서 무엇인가 하얗고 반짝이는 것이 보였다. 새일까, 갈매기일까, 아니면 배의 돛이 반짝이는 것일까? 주교는 자세히 바라보며 눈을 떼지 못했다.

'우리를 뒤따라오는 작은 배겠지. 그런데 굉장히 빠른 속도로 우리를 따라잡겠는데. 처음엔 아주 멀리 있었는데 이젠 이렇게 가까이 와 있다니. 그런데 돛이 없는 걸 보니 배는 아닌 것 같아. 하여튼 무언가 우리를 뒤쫓아 오며 따라잡고 있어.' 그는 생각했다.

주교는 그것이 무엇인지 도저히 알 수 없었다. 배도 아니고, 새도 아니고, 물고기도 아니었다. 어떻게 보면 사람 같기는 한데 사람이라고 하기에는 너무 컸다. 더군다나 사람이 바다 한가운데 서 있을 리가 없었다. 주교는 자리에서 일어나 키잡이에게 다가가 말했다.

"이보게. 저것 좀 보시오. 저게 뭐지요? 대체 저것이 무엇인가요?"

주교가 이렇게 되묻고 있었지만 그의 눈에는 이미 명확하게 보이기 시작했다. 바로 세 수도자들이 바다 위를 달려오고 있었다. 그들은 회색빛의 수염이 반짝거렸고 어렴풋하게 빛나 보였고 마치 배가 멈춰 있기라도 한 듯 아주 빠르게 다가왔다.

그 모습을 본 키잡이는 깜짝 놀라 키를 놓치며 큰 소리로 외쳤다.

"세상에! 은사들이 땅처럼 바다 위를 달려서 우리를 따라오고 있어요!"

승객들이 그 소리를 듣고 뛰쳐나와 배 뒤쪽으로 몰려들었다. 은사들이 서로 손을 잡고 바다 위를 따라오는 모습이 보였다. 양쪽의 두 은사가 배를 멈추라고 손짓하는 모습이 보였다. 세 은사는 발 하나 까딱하지 않고 물 위에서 미끄러지듯 움직이고 있었다. 배가 멈출 겨를도 없이 뱃전에 도착한 은사들은 머리를 위로 들어 올리며 한목소리로 말했다.

"하나님의 종이시여, 우리는 당신의 가르침을 잊어버렸습니다. 기도문을 외는 동안은 기억했습니다만 잠시 쉬는 동안 한 단어를 놓쳤고 결국에는 모든 내용을 잊어버렸습니다. 하나도 기억이 나질 않으니 다시 가르쳐 주십시오."

주교는 성호를 긋고 배 가장자리에서 아래를 내려다보며 말했다.

"하나님의 종이시여, 여러분의 기도는 이미 하나님께 닿았습니다. 여러분을 가르칠 사람은 제가 아닙니다. 오히려 여러분들이 우리 죄인들을 위해 기도해 주십시오."

그리고 주교는 은사들을 향해 머리 깊이 숙여 인사했다. 그러자 은사들은 돌아서서 온 바다 길을 되돌아갔다. 은사들이 사라져 간 쪽에는 새벽 동이 틀 때까지 한 줄기 빛이 빛나고 있었다.

| 작품 해설 |

러시아의 대문호, 톨스토이가 전하는
삶에 대한 깊은 성찰

톨스토이는 19세기 러시아가 낳은 세계적인 대문호이자 사상가이며 종교가이다. 그는 죽는 마지막 순간까지 인간의 삶에서 순리적인 것, 그리고 그와 반대된 순리를 벗어난 것에 대해 끊임없이 고뇌하며, 인간의 참된 삶은 무엇인가에 관심을 기울였다.

'작은 변화가 일어날 때 진정한 삶을 살게 된다'는 그의 말처럼 톨스토이는 하나의 짧은 이야기에도 소박한 진리와 교훈을 담으며 자신만의 변함없는 신념을 전하고자 노력했다. 이러한 사상은 그가 평생 갈구했던 본질적인 삶의 방향을 제시하는 데 큰 영향을 주었고, 그가 남긴 작품 속에 고스란히 남아 전해지고 있다.

삶에 대한 고뇌, 그 해답을 모색하다

톨스토이는 명문 집안에서 태어나 보수적인 환경에서 성장했다. 하지만 그는 세속에 물들기를 거부하며 자신만의 신념을 가지고 민중의 편에 서서 그들의 삶을 바라보았다. 그의 작품 대부분은 인간이 추구해야 할 방향, 혹은 인간이 어떻게 살아야 하는가에 대한 해답을 갈구하며 끝맺는다. 이는 민중의 삶을 바라보고 사유하기를 중요시했던 그의 태도와 가치관, 신념에서 비롯되었다고 볼 수 있다.

실제로 톨스토이는 서민들의 삶을 여러 각도에서 포착하고 생동감 있게 작품 곳곳에 그렸다. 더불어 인간의 삶을 둘러싼 선과 악, 참과 거짓, 부와 빈 등 다양한 문제를 작품에 담았다. 그렇기에 그의 작품은 진실한 삶의 방향에 대한 고뇌가 녹아 있고 깊은 인간애가 투영돼 있다.

여기에 실린 여덟 편의 작품 역시 인간이 지향해야 할 올바른 삶이란 무엇인지 해답을 찾게 만든다. 러시아 리얼리즘 문학을 대표하는 진보적인 성향의 작가 톨스토이의 주옥같은 단편을 통해 그의 세계관을 오롯이 만날 수 있다.

사랑이 있는 곳에 신도 있다

이 작품은 1885년에 번안한 것으로, 프랑스 작가 루벤 사이안의 〈마르틴 아저씨〉가 원작이다. 기존 이야기에 자신만의 독

특한 사상과 문체, 그리고 러시아의 문화를 가미하여 완전히 새로운 작품을 창출해 많은 사랑을 받았다. 신은 특별한 곳에 있는 것이 아니라 사랑을 베푸는 어느 곳에서나 만날 수 있다는 진리를 전한다.

젊은 황제의 꿈

나랏일을 처리하는 데 정신없는 젊은 황제는 아내와의 달콤한 휴식을 꿈꾼다. 하지만 휴식을 만끽하려던 찰나 잠이 들고, 꿈속에서 그는 안내자와 함께 여러 상황과 맞닥뜨린다. 황제는 자신과 관계있는 인물, 사건을 들여다보며 모든 것을 바로잡으려 하는데, 그 순간 황제에게 당신의 의무가 무엇인지 생각하라는 안내자의 음성이 들린다.

황제는 권력과 재물을 모두 가진 자이다. 중요한 것은 그의 역할이다. 이 작품은 인간으로서 자신의 위치에서 행해야 하는 의무가 무엇인지, 이를 올바르게 실천하는 방법은 무엇인지에 대한 무한한 사유를 불러일으킨다.

세 죽음

이 작품은 귀족 부인, 마부, 나무, 각기 다른 세 가지의 죽음을 그리고 있다. 난치병에 걸려 죽음에 쉽게 순응하지 못하고 고통과 두려움 속에서 죽음을 맞이하는 귀족 부인, 자신의 죽음을 불평 없이 받아들이며 세료가에게 자신의 장화를 선물하는 마부 크뵤도르, 세료가에게 생명을 바쳐 십자가가 되는 것으로 자신을 내주는 나무.

어느 순간, 죽음이 찾아온다면 우리는 과연 죽음을 어떻게 받아들일까. 톨스토이는 이 세 죽음을 통해 간접적인 죽음을 체험하게 한다. 과연 '가치 있는 죽음이란 무엇인가'에 대한 질문을 던지는 작품이다.

악마는 유혹하지만 신은 참고 견딘다

착하고 친절한 주인에게 그를 위해 시중을 드는 많은 하인이 있었다. 하인들은 한결같이 그 주인을 칭송하고 다녔다. 그런데 악마는 주인과 하인이 서로 사랑하며 조화롭게 지내는 것이 마음에 들지 않았다. 그래서 알레프라는 하인을 조종하기에 이르고, 아렙의 악마적인 행동으로 주인은 곤경에 처한다. 하지만 결국 주인은 그를 용서하고 이를 지켜보던 악마는 나무에서 떨어져 땅속에 파묻힌다.

악마의 꾐에 빠져 못된 언행을 일삼는 알레프와 대비된 주인의 모습은 전형적인 선과 악의 일면을 보여 준다. 악마의 유혹에 쉽게 빠지게 되는 인간의 모습을 경계함과 동시에 선악의 뚜렷한 대비가 나타나 있다.

죄인은 없다

중년의 독신자 불긴의 눈에 비친 여러 인물이 등장한다. 많은 땅을 소유하며 탐욕스럽고 과도한 탐닉에 빠진 집주인, 늙은 집사 스테판, 글도 읽을 줄 모르는 소년 등 등장인물 모두는 스스로 선택한 것이 아닌 주어진 신분에 갇혀 살아가고 있다. 부자는 부자의 삶을 가난한 자들은 가난한 삶을 반복하며 그 속에서 벗어나지 못한다.

절대적인 삶 속에서 삶의 방향을 결정하는 것은 어느 누구의 잘못도 아니라는, 성자의 마음으로 인간의 삶을 바라보는 톨스토이의 강인한 정신이 돋보이는 작품이다.

부자들의 대화

어느 부잣집에 손님 몇 명이 모여 인생에 대한 진지한 대화를 나눈다. 여러 가지 이야기가 오가지만 자신의 삶에 만족하는 사람은 단 한 사람도 없다. 모두가 자신과 자신의 가족만을 위해 산다고 말할 뿐이다.

시종일관 토로하고 있는 내용은 올바른 삶에 관한 저마다의 이야기다. 이 단편에서 톨스토이는 같은 듯 다른, 인간들의 삶과 현실 상황을 교차하며 진정으로 원하는 삶과 그 방향은 무엇인지 질문한다.

무도회가 끝난 뒤

이야기는 무도회와 무도회가 끝난 뒤의 사건으로 나뉜다. 앞부분에서는 화려한 무도회 장면이 묘사되는데, 주인공 이반 바실리예비치는 젊은 시절 무도회에서 만난 아름다운 여인을 사랑하게 된다. 무도회에서 그녀와 그녀의 아버지(연대장)가 함께 춤추는 모습 또한 그에게는 행복감을 안겨 준다. 이와 대비되는 장면은 무도회가 끝난 뒤다. 그녀의 아버지가 도망가려다가 잡힌 죄수를 잔인하게 구타하는 장면이다. 그의 무자비한 폭력 앞에 주인공의 사랑은 식어 간다. 주인공은 그렇게 사랑 이야기를 끝맺는다.

사랑과 시련, 폭력과 무저항주의, 호화스러운 무도회장 안과 그와 반대인 무도회장 밖 등 톨스토이는 인간의 삶 속 존재하는 문제의식을 비교 가능한 인물, 상황으로 작품 곳곳에 배치해 형상화하고 있다.

세 은사

한 주교가 배를 타고 항해를 하던 중 신앙심이 깊은 세 은사가 살고 있다는 섬을 찾아간다. 그는 그곳에서 세 은사를 만나게 되지만 오히려 그들에게 주기도문을 가르쳐 주고 다시 배를 타고 떠난다. 하지만 은사들은 주기도문을 잊어버렸다며 그를 찾아와 다시 가르쳐 달라고 한다. 주교는 자신은 가르쳐야 할 사람이 아니라며 기도를 해 달라고 은사들에게 부탁하고, 은사들은 되돌아간다.

주교는 이론적인 기도를 가르쳐 주지만 세 은사의 '선을 실천하는 삶'은 더욱 고귀했다. 그래서 비록 주기도문을 잊어버렸어도 하나님은 세 은사가 진정한 삼위일체를 이루는 기적을 내렸다. 이론보다는 실천이, 마음을 넘어서 행동하는 삶이 하나님의 뜻을 받드는 길이라는 함축을 읽을 수 있는 작품이다. 세 은사의 여정을 좇다 보면 성스러움이 물씬 풍긴다.

| 작가 연보 |

1828년 8월 28일 야스나야 폴랴나에서 톨스토이 백작 집안의 넷째 아들로 태어났다.

1844년 카잔 대학 동양어학과에 입학해 투르크 어와 페르시아 어를 전공했다.

1845년 카잔 대학을 중퇴했다. 고향으로 돌아가 농장 경영을 시작했다.

1848년 다시 고향을 떠나 모스크바와 상트페테르부르크에서 방탕한 생활에 빠졌다.

1851년 최초의 문학 작품 〈지나간 이야기〉(미완성으로 남음) 집필을 시작했다. 맏형인 니콜라이가 있는 카프카스 포병대에 사관후보생으로 입대했다.

1852년 첫 장편 소설 《유년시대》를 발표하여 재능을 인정받았다. 단편 〈습격〉을 탈고했다.

1854년 크림 전쟁에 참가한 경험을 바탕으로 《세바스토폴 이야기》를 집필했다. 장교로 승진한 뒤 《소년시대》를 발표했다.

1855년 제대하여 상트페테르부르크로 귀환함. 농민들의 삶과 교육에 관심을 가지기 시작했다.

1857년 《청년시대》를 집필했다. 프랑스와 이탈리아, 독일, 스위스 등 유럽을 여행했다.

1859년 고향 야스나야 폴랴나로 돌아와 농민 자녀들을 위한 학교를 설립했다. 단편 〈세 죽음〉 〈가정의 행복〉 등을 발표했다.

1860~1861년 프랑스, 이탈리아, 독일, 벨기에, 영국 등 두 번째 유럽 여행을 하며 각국의 교육 제도를 파악했다. 교육 잡지를 발행하기 시작했으나 이 잡지는 일 년 만에 폐간되었다.

1862년 논문 〈국민 교육에 대하여〉 〈읽기와 쓰기를 어떻게 가르칠 것인가〉 〈훈육과 교육〉 등을 발표했다. 소피아 안드레예브나 베르스와 결혼했다.

1869년 《전쟁과 평화》를 발표했다.

1872년 《초등 독본》 〈카프카스의 포로〉 〈신은 진실을 알고 있지만 침묵한다〉 등을 발표했다.

1875년 〈러시아 신문〉에 《안나 카레니나》를 연재했다.

1876년　가치관의 충돌과 정신적인 문제로 고뇌하기 시작함.

1881~1886년　〈사람은 무엇으로 사는가〉〈사랑이 있는 곳에 신도 있다〉〈바보 이반〉〈두 노인〉〈이반 일리치의 죽음〉〈달걀만 한 씨앗〉〈사람에게는 얼마나 많은 땅이 필요한가〉〈에밀리안과 빈 북〉 등 러시아 농민을 위한 수많은 단편과 《요한 복음서》《참회록》 등 종교 작품을 발표했다.

1888년　초등학교 교사로 지원했다가 거절당했다.

1889년　〈악마〉〈크로이체르 소나타〉를 탈고했다. 《부활》을 집필하기 시작했다.

1891년　청빈의 실천을 위해 모든 저서의 판권을 포기하려고 결심했으나 가족의 반대에 부딪혀 1881년 이후에 발표한 작품의 판권만 포기하고, 이전 작품의 판권은 아내에게 넘기기로 타협했다.

1893년　〈하나님 나라는 당신 안에 있다〉를 발표했다. 정부가 그를 무정부주의자로 지목했다.

1894년　모스크바 심리학회의 명예 회원으로 선출되었다.

1899년　《부활》을 발표하여 세간의 주목을 받았다.

1901년　그리스도와 교회에 적대감을 품은 작품을 발표했다는 이유로 그리스 정교회에서 파문당했다. 크림으로 이주하여 폐렴으로 심하게 앓다가 회복했다.

1902년　《나의 종교》를 탈고했다. 야스야나 폴랴나로 돌아왔다.

1903년　《유년 시절의 추억》을 집필하기 시작했다. 단편 〈무도회의 밤〉〈아시리아 왕 아사르하돈〉〈노동과 죽음의 병〉〈세 가지 질문〉 등을 탈고했다.

1905년　체호프의 단편집 《귀여운 여인》의 서문을 작성했다.

1908년　〈세상에 죄인은 없다〉〈유일한 규칙〉과 사형제 반대의 뜻을 담은 〈나는 침묵할 수 없다〉 등을 발표했다.

1910년　딸 알렉산드라에게 모든 저서의 판권을 상속한다는 유언장을 작성했다. 이 일을 계기로 아내와 심각한 불화를 겪기 시작했다. 10월 27일 밤에 주치의 마코브스키와 함께 가출하고 열흘 만인 11월 7일 오전 6시 5분, 82세의 나이로 빈촌의 한 간이역에서 생을 마감했다. 11월 9일 고향 야스나야 폴랴나에 묻혔다.

옮긴이 장영재

조선대학교 러시아어과를 졸업하고 한양대학교 국제관광대학원 엔터테인먼트 콘텐츠학과를 졸업했다. 러시아 문학과 어학에 깊은 관심을 가져 대학원 입학 후부터 다수의 러시아 관련 도서를 집필, 번역했다. 지은 책으로 《러시아어 회화급소 80》《여행 러시아어》《러시아 여행》《패턴 러시아어 101》《후다닥 러시아어 회화》《러시아어 처음 글자 쓰기》 등이 있으며, 옮긴 책으로는 《톨스토이 단편선》《고골 단편선》《안나 카레니나》 등 다수 있다. 현재 국내에 아직 소개되지 않은 톨스토이 단편을 번역하는 중이다.

사랑이 있는 곳에 신도 있다
1887년 오리지널 초판본 표지디자인

초판 1쇄 펴낸 날 2025년 11월 30일

지은이	레프 니콜라예비치 톨스토이
옮긴이	장영재
펴낸이	장영재
펴낸곳	(주)미르북컴퍼니
자회사	더스토리
전화	02-3141-4421
팩스	0505-333-4428
등록	2012년 3월 16일(제313-2012-81호)
주소	서울시 마포구 성미산로32길 12, 2층 (우 03983)
E-mail	sanhonjinju@naver.com
카페	cafe.naver.com/mirbookcompany
SNS	instagram.com/mirbooks

* (주)미르북컴퍼니는 독자 여러분의 의견에 항상 귀 기울이고 있습니다.
* 파본은 책을 구입하신 서점에서 교환해 드립니다.
* 책값은 뒤표지에 있습니다.